MAGIE NOIRE

par Paul Morand

traduit par Yoshizawa Hideki

黒い魔術

ポール・モラン

吉澤英樹 訳・解説

未知谷

緒言

一八九五年——リ＝ゾランジスから通ってきていたぼくたちの庭師のシャルルが『プティ・ジュルナル』紙のイラストつき付録を見せてくれたことがあった。そこには、円錐形の帽子を被ってマダガスカル人たちをいまにも殺さんとする一人の兵士の姿が描かれていた。フランス軍のアンタナナリボ入城*の場面だった。これが子ども時代、最初の思い出だ。

＊ マダガスカルの首都。一八八五年、フランス軍はマダガスカルを侵攻し、首都を陥落させた。その際に、西アフリカ出身のセネガル兵がフランス軍部隊の中心をになった。

一九〇二年——ヌーヴォー・シルク劇場*に連れていってもらった。やっていたのはケイク・ウォークだ。マネのオランピアの花束を抱え、着飾ったアメリカのニグロのカップルが、喜色を漲らせて二十世紀に闖入してきていた。

＊ 一八八六年から一九二六年までパリのサントノレ通りに存在したサーカス劇場。モランが

子ども時代に目にした一九〇〇年代初頭に行われていた黒人カップルによるダンスであるケイク・ウォークのショーはリュミエール兄弟によって映像としても記録されている。

一九一四年──九月の夜九時。セネガル歩兵たちがサン・ミシェル大通りを行進する。目的地は、マルヌだ。

一九一六年──九月。ひと晩中、クレオールなまりの男が、コンラッドの小説の語り手のような押し殺した声で、アンティーユ諸島の詩について、ラム酒の気品について教えてくれた。その男は、サン・レジェ・レジェという名前だった。*

＊　フランスの外交官・詩人サン＝ジョン・ペルス（一八八七〜一九七一）の別の筆名。アンティーユ諸島グアドループ出身。

一九一九年──ダリウス・ミヨーがブラジルにやってきた。彼は、黒いローマことバイーアを描き、かの地の黒人たちのサンバでぼくを楽しませてくれた。これはまもなく『屋根の上の牛』で使われる音楽になった。

一九二〇年──フランスに戻ってくる。休戦後のバーに響くジャズの音は、あまりに美しく切ないので、ぼくらは皆、それぞれの感じかたで、新しいかたちが必要なんだと理解する。だが、内容は？　おそかれはやかれ、この闇からの呼びかけにこたえ、サックスから放たれるこの猛烈な憂鬱の背後に、なにがあるのか確かめにゆかねば、と思うのだ。凍った時間が、熱い手の中で溶け出しているのに、どうしてこの場にとどまっていられよう。

さあ、出かけよう。

一九二五年―ジブチ

一九二六年―ハバナ、ニューオリンズ、フロリダ、ジョージア、ルイジアナ、ヴァージニア、ノース・カロライナとサウス・カロライナ、チャールストン、ハーレム。

一九二七年―グアドループ、マルティニーク、トリニダード、キュラソー、ハイチ、ジャマイカ、キューバ、アラバマ、ミシシッピ。

一九二八年―ダカール、ギニア、フータ・ジャロン高原、スーダン、南部サハラ、ニジェール、トンブクトゥ、モシ人たちの国、コート・ジヴォワール

総計五万キロ、二十八カ国にもおよぶニグロたちの国。

黒い魔術　目次

黒い魔術

第一部　アンティーユ諸島

黒い皇帝

ダリウス・ミヨーに捧ぐ

「卑しかろうとなかろうと、大衆の時代がやってきているんだ。この大衆が君たちを支配し、自分で作り出してしまった彼らが君たちのご主人さまに収まるってわけさ。フランスの貴族たちはサン・キュロットの民衆の到来を望んだ。だが、彼らはサン・キュロットたちにひどい目にあわされたのさ。ハイチの民衆は……」
「ハイチの統治者たちはアングロ＝サクソン人じゃない。もしそうだったら、歴史は今とはまったく違っていただろう」

ストウ夫人『アンクル・トムの小屋』

I

海が西側を侵食しアーチ型にひろがる山々。夜の九時。榴散弾からたちのぼる硝煙のような硫黄質のちいさな雲々が最後まで残っている。アメリカのインクメーカーがつくったノベルティ商品の巨大な寒暖計は三五度を指している。陽に焼かれた草から焦げ臭いにおいがたちこめてくる。シャン・ド・マルス公園のまんなかで、まだ寝ぼけ眼の星空に向かって剣先を突きだすのはネー元帥[*1]ではなく、ニグロの皇帝ジャン＝ジャック・デサリーヌ[*2]だ。まわりでは日中舞い上げられた埃が再び地面に降りおちている。それは夜が明けるとすぐに賦役に従事する囚人たちが蹴り上げ、昼にはやってきた原住民の憲兵たちのブーツが撒き散らし、夕暮れ時にはアメリカ人の下士官たちのポロ用のポニーによって舞い上げられたものだった。

＊1　ミシェル・ネー元帥（一七六九〜一八一五）幾多の戦功を上げるがナポレオンを支持した廉で王政復古時に銃殺刑に処された。
＊2　ジャン＝ジャック・デサリーヌ（一七五八〜一八〇六）一八〇四年にフランスからの独立を宣言した。ハイチ独立後初の皇帝になるものの、一八〇六年に暗殺。

アメリカ人のやつらめ！　オクシドは、彼らのことを憎んでいる。彼らがプエルトリコやキューバに足を踏み入れてからというもの、持ち前の防衛本能から彼の黒い血のありったけの力を込めて、そしてハイチ人として祖国を愛する矜持ゆえに憎むのである。一九一五年以来、ヤンキーたちはハイチ島を占領している。オクシドは考えている。つまり、人びとの権利をないがしろにして、やつらはハイチを占領した、と。やつらのウィルソンがまくしたてた駄弁は嘘八百だった。やつらは黒人の軍隊をお払い箱にして、あれ以来やつらに忠誠を誓うようになった共和国大統領の宮殿脇の兵舎に、ずうずうしくも居座ってしまった。拳をふりあげるどころか、ちょっと声を上げただけでも、機関銃はハイチ人たちに向けて火を噴くことになるだろう。実際、ハイチ人は萎縮して身じろぎだにしないだろう（とオクシドはせせら笑う）。気候によって弛緩させせられ、労役によって頭が麻痺して、さまざまな党派によって分断され、政治家たちによってたらしこまれ、知識人たちには見捨てられている。彼らはそんなたぐいの人種だった。ひと握りの南国の三流詩人、できそこないのパリ風ブールバール演劇作家、くどくどと冗漫な作家たち。彼らはカフェ・ナポリタンにたむろし、『オ・ゼクト』誌を公式新聞としており、ブドウの実よりも紫色がかった彼らの唇は、接続法半過去を発音するとき以外に開かれることはなかった。彼ら三文文士たちがパリで本を出すことをひたすら夢見ているあいだ、ヤンキーたちが彼らの祖国に手をかけたのだった。トゥサン＝ルヴェルチュール*の民であり、ラム酒に入植者のフランス人たちの血を混ぜて飲み干していた彼らが、百年後にキューバやカリフォルニアのレベルにまで身を落とすとは！　世界中を砂糖で満たすマシーンとなり、パイナップルの缶詰を作る破目になるなんて！　アメリカ人たちだ！　ブロンドの侵略者たちが数を増すにつれ、オクシドの眼は怒りの火花を散らしていた。水晶のように透き通った彼らの肌の下には赤い血が波打ち、網目状に伸びる蒼い静脈が浮かび上がる。そんなものを見るたびに彼は歯軋りをしたものだった。少なくともラテン系の人びとは黒人たちと似かよったところがあった。黒人たちは彼らを買収したり、一体化することができた。しかしやつらときたら！　彼は、人種のマーケットで高い交換レートで取引されるやつらの生首、金髪の頭が市場にならぶ日を夢想してほくそえんでいた。アメリカ人がいなければ、オクシドは、知事や将軍や国務院のメンバーになっていたかもしれないのに。やつらのせいで、彼はポルトー・プランスに二千人もいる弁護士の一人でいることに甘んじなければならなかった。

＊　トゥサン＝ルヴェルチュール（一七三九？〜一八〇三）後のハイチ皇帝となるデサリーヌを従え、フランス革命期に反乱を決起。一八〇一年ハイチ全土を掌握。のちにナポレオン軍に捕らえられ、一八〇三年フランスで獄死。

四十六歳とはいえ、美しき獣のようなムラート。うなじはなく、でこぼこの顔。下唇は上唇よりも出っ張っていて、その上唇も鼻の下に突き出している。鼻はといえば、ぺしゃんこなりにも額よりは隆起しており、その額は縮れ毛で覆われた頭蓋の方へとせりあがっていた。眼は黄色く充血している。彼に残っていた柔らかさは、その青春と共に消え去ってしまっていた。

オクシドはありきたりのニグロではなかった。彼は友もなく、ひとりぼっちで暮らしていた。彼は考えを口に出さずとも平気だった。彼は、聞き手を求めず、ただ自身にむかって考えを披露していた。彼には抱えている秘密もあったが、打ち明け相手は必要なかった。彼が積極的に付き合うハイチ人はファラモンだけだった。この男もおなじく弁護士で、元パリ公使だった。彼らは情熱を共にしていた。鴨狩りである。彼らはレオガーヌの沼地で、＊何時間ものときを一緒に過ごす。

＊　ポルトー・プランス湾の南部に位置する平原。

「この銃がみえるか？　ファラモン。この二連射は滅多に的をはずすことはない。おれはハイチ人たちがみんな、こんな銃がもてたらなと心から思っているよ。考えてもみろ。

もしおれたちハイチ人が武器をもっていたら！」

「なあ相棒よ、銃は普通選挙権のような諸刃の剣になりかねないじゃないか」とファラモンは重々しく口を開いた。

「ここの人間たちはすべてを取り上げられた」と、オクシドは言葉を続けた。「古い石打ち式のカービン銃、爆弾、八月十日のパリの人びとに握られていたのと同様にわれわれの南部の同志たちの手に握られていた杭、そして火で焼きしめた同じくらい威力を持った槍さえも……」*

＊　一八四四～六及び一八六七～九年の農民の反乱を指す。

ファラモンは、楽天主義と和解に満ちたクレオールの言葉をフランス語にはめこんだ話し方をする、温厚な少数派だった。

「おまえは忘れている。相棒よ。一九二〇年一月になるかならないうちに、おれたちのカコスたち*にとって、それがどれだけ高くついたことか……」

＊　一八六七～九年の反乱を起こした農民たちの呼び名であったが、一九一五年以降はアメリカの占領に対する反乱分子を指した。

オクシドは闘うために島を横切ってきた北部の貧しい農民たちをふたたび見た。白人たちの部隊の自動火器を前にして、サトウキビを刈るナタしかもたない彼らは無力だった。

「アメリカ人たちは次から次へと殺していった。機関銃が政治を殺したんだ、テクノロジーが芸術を殺したように」と彼は苦々しく締めくくった。

狩をしないとき、オクシドは穴だらけのボロ小屋で年老いた女中と、一匹の黒豚と二羽の七面鳥とすごしていた。いくつかの免状を飾っただけで自動ピアノさえもない書斎の奥で、彼はドディーヌ、つまりマホガニーと植物で編んだ肘掛け椅子にすわり、なにをするともなく気むずかしい様子で体を揺らしていた。あいかわらず現実主義者であった彼は悲嘆に暮れ、復讐に飢え、見えてはいるのにそこに入り込むことは許されない楽園を手に入れられずに苛立っている冥界の住人に似ていた。パリに行くには貧しさがすぎ、劣等感に苛まれて、彼は無知と科学と憎しみで閉じた世界に、過度の読書や専門用語がもたらす抽象的な世界に閉じこもっていた。そういった諸々が彼を社会主義へと導いていったのである。

夜の帳が落ちると彼はアルパカの上着を脱いで「急用案件」と書かれた書類をとじる。白人たちが食卓につくころだ。やつらに気分を害されることも、やつらの眼前で顔を伏せなければならないことも、彼らの薄汚れた自動車に突き飛ばされて面食らわせられたりする心配もなくなった。すぐに彼は外に出て、エナメル靴を手に携えて、不吉な「モルヌ」という名前をもったハイチの山に分け入る。

椰子の木の幹に支えられた濃い青色の空。一五メートル上空では、椰子が稜線を描き、そよ風に揺らぎ、月明かりに照らされている。一八カラットの星々。雲が地図のように固まっては崩れていきながら複雑な模様を描き出す。おとぎ話にでも出てきそうなふわふわした陸地をそれとなくほのめかしている。オクシドはこの島のことを考えていた。コロンブスがやってくる前のことを。一四九二年六月。白人たちはじめてここに、魚のような生ぐさい匂いを発する青白い肌を持ち込んできたのだ。彼は村々を取り巻くまだほとんど手つかずだった森の――失われた楽園の――、かけらをあちらこちらに、街の真ん中に見いだしさえもした。そこへ白い顔をした者たちがやつらの愚にもつかない夢を持ち込んできたのだった。北部ヨーロッパの野蛮人たちにとって暑さは贅沢品だった。南ヨーロッパのやつらは甘い砂糖をみだりに欲しがった。傾いたココ椰子の木々のあいだにある砂糖よりもまっ白な砂洲。そこに引き込まれたカヌーのかたわらでスペイン人たちに虐殺されたおだやかな現地の人びとのことを想像するには、この組み立て式の郊外、この繰りぬかれた木でできたおもちゃのことを忘れるだけでいい……

街中へ進んでいくと、オクシドはアメリカ人街であるプ＝ド＝ショーズに差しかかった。彼はクラブの前を通りかかったが、そこへ立ち入りを許されていたハイチ人はひとりもいなかった。有色人種は排除されていた。闇の中で麦の芒のような棘状の突起が張り出した道路の上で、ときおり彼は立ち止まるが、あえて入ろうとはしない……。その晩、音楽が聞こえてきたが足をそれより先に進めることはなかった。コンサートの日だった。ブラインドの水平になったスラットの間から見えたのは、その場に居ならんだ頭、ピンク色の肌、ネビュリー形の色素の薄い両眼、白い野蛮人たちの色褪せた体毛、海兵隊や憲兵隊の将校風にあつらえた服装だった。

「こいつらは兵隊か？　階級章もつけていないのに？　商人たちのくせに制服なんぞを着こんで……！」

雨のように降りかかる音楽が彼を魅了した。熱帯地方特有の湿気のせいで調子の狂ったピアノから聞こえてきたものだった。のびのびとした情熱的な音が張り、彼を陶然とさせた。この派手な音楽が、あたかもやがて解放をもたらすかのごとく彼を高揚させていたのだった。彼は祖国とその国歌『一八〇四』に思いを馳せた。*フランス人にたいする虐殺があった年を題材にしたこの曲の演奏をアメリカ人たちは禁じていた。黒人たちを狂わせるから、というのがその理由だった……ハイチの原住民である聴き手は、まどろみながらあたかも甘美な恋の歌であるかのように、この賛歌に耳を傾けていたのだった。オクシドは文字通り打ち震えていた。彼の筋肉はひとりで細かに振動し、彼が意図したわけでもないのに顔つきは歪んだ。彼は小刻みに震えていた。彼は踊り始めた。ピアニストから送られてくる波動が、彼の体の中に浸透していった。そのうねりを体から出してやらねばならない。彼は踊った。年老いたニグロ女のように。石灰を塗りたくられた戦士のように。彼の人種のだれもがそうであるように。

＊　オクシド・ジャンティ作曲。当時は『デサリーヌの末裔たち』と並び第二の国歌とされていた。

一度も聞いたことのない曲だ。オクシドが踊ってのけたのはショパンの「英雄ポロネーズ」だった。

……彼は転んだが、なおも頭を振っていた。尖った小石に躓《つまず》いたのだったが、もはやそれを感じてはいなかった。彼は自分の血が飛び散っているのを見てから、舌先で、そして唇全体で舐めてみた。なんともいえない味だった。もうすこしで、自分で血管を切り裂きそうなくらいだった。熱く味気ない脂ぎった血、後味に残るかすかな塩気。四世紀か五世紀前のことだった。アフリカの向こうみずな王子の一族の中でも、誰も血を飲んだものはいなかった。しかし、この夜、いっそう激しい喜びに身をとらえられた。冒険を試みた翌日、兄弟たちと、血を交換すること、それはよかった。しかし、体に一部分から採った自身の液体を、他の部分に通すこと、つまり自分で自分自身を飲み干すこと、それはもっとよいことだった。計画が綿密になり、その手順は確固たるものとなり、魂は実体をすこしも失うことはなくなる。

オクシドは機が熟したと感じた。

彼は走りながら家までD通りを下っていった。彼は亜鉛でできたトランク――ニグロたちが縮れ毛で覆われた頭の上に載せて駅まで運んでいくような代物だ――を開き、そこから一〇ガロン入りの石油缶を取り出した。古い小麦粉の袋で包んだ後、細心の注意を払って彼はそれを腕の下に抱えた。

彼はアメリカン・クラブへとふたたび向かった……

月はまだ高い位置にあった。彼の頭上で亜鉛製の屋根をくっきり浮かび上がらせていたものの、マンゴーの木の薄暗い葉叢を照らすことはなかった。うっすらプラチナ色に輝く海の彼方には、ぼんやりと山々が見えた。すべてが身じろぎせずに待っていた。扇形になったバナナの実や、尾花を開いているようにみえる椰子の木さえも。オクシドはすでに外国人街を見下ろす場所まで来ている。長い半透明の日よけ布で区切られた格子のついた白い家々は、かつてポール＝オ＝プランシアン・サークルの企画による日本祭りで登場した油紙製の提灯のように段状に折りかさなっていた。蓄音機がかすれた音を発していた……

オクシドは腕時計を見つめた。今かもしれない……。いやすでに終わってしまっているかもしれない。ランプの芯は消えてしまったか？

背後の山から、拍子を打つ音、くぐもった槌の音が聞こえてきた。これは土曜の夜に演奏される大衆的なダンス曲「マルティニーク」ではない。この抑制され深みのある呼びかけ、大太鼓の呼びかけ、これは「ブードゥー」だ……幸福のサイン、なにかの合図か？アメリカ人たちは、罰金刑を連発し、儀式を保存しようとしている連中を狩り出しかねないものの、これらの太鼓はなににも妨げられることはない。

下のほうから聞こえてくる蓄音機と上のほうから聞こえてくる太鼓のあいだ、パラフィンでできたレコードとぴんと張った山羊の皮のあいだで、街と山のあいだで、身体と精神、アメリカとアフリカとおなじだけの距離を保ちながら、オクシドはどっちつかずの宙ぶらりんの状態だった。

突然、焔が噴出し、すべてを引き裂いた。大地が天を刺し通す。爆発音がバーを膨張させ空を、月を破裂させる。火の粉が舞い、煙が立ちこめ、煤を巻き散らす。

そして静寂が訪れ、夜が更け、月が照り輝く。

ダイナマイトによって漏斗孔が穿たれ、ニグロたちが出入りを許されていなかった――アメリカン・クラブは消滅した。

II

ハイチ人たちは歩くのが早い。夜明けには、オクシドは山の中にいた。立ち止まることなく、テール＝ルージュの交番から離れたところを通り過ぎた。もっとも、どうやって、どこでたちどまろうというのか。ここでは家々は街道を避け、軍隊が通るような幹線道路を恐れて、サトウキビや人を寄せつけないサボテンの背後に身を潜めている。岩場に隠れ、オクシドはポルトー・プランスまで続く田園地帯に一瞥をくれる。陽光が大気中に差込み、彼の背後にあるク・ド・サックの平原まで延びる。海と湖に挟まれたこの平原は碁盤の目のように葦の薄緑色に覆われている。炭焼きの火が、いっせいに湾の方へと、その煙をたなびかせている。

より安全を求めて、オクシドはミルバレへ向かうふりをしたのち、踵を返してドミニカ共和国との国境の方へ向かった。彼は、廃墟地帯に逃げ込むことができた。ここでは植民地になって以降、広大な耕作地が打ち捨てられていた。彼はそこで人里離れて暮らす貧しい農民たちに匿《かくま》ってもらった。彼は青い木綿のオーバーオールを来てラタニヤアシでできた帽子をかぶって、伐採用のナタを手に彼らと共に過酷な労働に身を投じた。朝は夜明け前にコーヒーを一杯、昼にはタフィア（ラム酒）を一杯、夜は米とレッド・ビーンズだけの食事。そして眠りに落ちる。ときおり、女たちはかなり遠方の市場まで行くため農場を出る。若い女たちは砂糖シロップがたっぷり入った瓢箪を頭に載せ、足を縛って数珠繋ぎにした七面鳥をベルトの部分につるしている。年老いた女たちはフランス風に婦人用乗馬服を身につけ、親指のところでサンダルをひっかけて履き、自分たちのロバに跨りながらうしろをついてくる。オクシドは、そこで棘のある植物の背後に、無傷の状態で土に覆われていたアフリカそのものをふたたび見出した。ニグロたちはそれを運んできて、数世紀まえに、偶然の作用によってばらばらになったものの、ただちに押し返したのだった。混血児たちや町の私生児たちのなかで、いったいだれが、疑うことがあろうか？　ヨロフェの巨人、青い眼をしたズールー人、無気力なバンバラ人、犬を貪り食うダオメ人、コンゴの血を引いて、いまだ数珠繋ぎになって、歩きながら陽気でダンスに明け暮れるニグロの子ども、といった人びとの存在を……？

きめ細かい肌をもつニグロ、白人たちのいうところの「肌のなりあがり者」であったオクシドは、彼らの美しさをうらやんだ。ただ、彼らの力にはそれほど魅力はなかった。というのも彼らにあっても先祖の古いアフリカ人の血は弱まってしまっていたのである。穏やかなアンティーユの島々に報いを受けずに住まうことはできない。猛獣も蛇もいないため、狩もなく危険もない豪奢な熱帯地方の島々……その一方で、彼ら黒人はあくせく働いている。オクシドも彼らとおなじようにした。彼ら下層民と彼をいまなお分け隔てる唯一のものであったアンクルブーツを脱いだとき、彼はもはや「大将」とは呼ばれなくなり、たんなる「じいさん」になった。彼にしてみれば、その方がよかった。彼は、体のほかの部分よりも色素の薄い赤いゴムの靴底のような足の裏で、大地を踏みしめて歩いた。誰も彼にどこからやってきたのか尋ねるものはいなかった。フランス人がいなくなってから耕されなくなったこの荒馬のように激しい肥沃な土地をふたたびてなづける手伝いをするだけで十分だった。汗を流し始めると、黒人たちは、素晴らしい歌を唄いだすのだった。オクシドはそれをうっとりとして聴いていた。手仕事に対して、彼は突然、一瞬だけだが、インテリ的な陶酔を感じた。遙か彼方、時間の奥底で、奴隷だった人びとの間にあって、その地獄のような爆発によって突き動かされたかのように、彼には思えた。彼はアフリカの王子の家系の出であったが、自分を奴隷の子孫のように感じていた。インド産モスリン綿、タカラガイ、ギニア綿布、金属製の槍など——暗黒大陸の奇妙な通貨と交換され、かつて奴隷商人たちが好んだ美しい「インドの貨幣」の一枚のように。中甲板に鎖で繋がれたニグロ。インド更紗やオランダ製のパイプと引き換えに、競りで売られ、所有者のイニシャルを体に焼きつけられたニグロ。手首に枷がつけられ首からフォークをぶら下げ、唐辛子で湿布し、耳を鋲で穿たれ、作業中に葦を食べ、鉄製の仮面で轡を噛まされた栗色のニグロ。死ぬも生きるも地獄……

黒い民は支配に打ち勝たなければならない、とオクシドは心に誓った。彼は昔よりひどくなることはあるまいと思っていた。だが、彼はたんなるひとときの復讐では満足しないだろう。「小屋を焼き払え！　首を切れ！」最初の入植者のフランス人たちに対する聖戦の雄叫びがいまなお聞こえてくる。一七八九年の革命後、肥ふとった所有者たちは、幾千もの製糖工場、藍製造工場、製綿所をこれみよがしにひけらかしていたが、ニグロたちの労働や汗や血なくして、そんなものを手に入れることなど果たしてできたであろうか。フランス人によってもたらされた有害な活動は、十八世紀の本物のヤンキーたちに受けつがれたが、オクシドはそんなものより十九世紀の広大な砂漠、荒蕪地、破裂した水道管、黒人共和国の時代に砂に埋もれた港のほうを好んだ。それこそが神が愛す足るを知る種族の究極の英知だった。一八〇四年から一九一五年まで。まさに自由の世紀だった！　簡単に忘れることなどできようか、このような奇跡を……！　だが、なんということか！　ソルボンヌの卒業証書をたずさえて、自分がひとかどの人物であると思い込んでいた有色人種の紳士方が統治していたことは無駄ではなかった。オクシドは歴史の運命が流れていくのを明晰に見ていた。党派的な政治から始まり、陰謀がたくまれ、公金横領が起き、そして最後のしっぺ返しとしてやってきたのは……、アメリカ人の警察官の棍棒。そう、今日では、もっと若い民たちが、アーリア人の松明をフランス人たちの手から取り戻してしまっていた。そしてふたたび白人たちの法が黒人たちを押しつぶすのだった。おなじ白人のやつらが！　アメリカの技術者たちがハイチで作ったと思い込んでいるモダンなセメント製の橋の下には、フランス王の古い路面が見つかるのではないか？

一ヶ月が過ぎた、その間オクシドは女抜きだった。彼は日雇い農民たちのように、夜になると身を潜め最初に通りがかった女に襲い掛かった。すみれ色の体をもち、艶のある髪の柔らかそうな小娘だった。彼は女を押し倒し、スズメバチが薔薇の花に入っていくように、一気に挿入した。それから、落ち着いた後、ピンと反り立った乳房、石膏のようにすべすべした肌、白いニエロ象嵌のような眼をした美しい黒人女を前にして、彼は自分が年老いつつある混血であることを苦々しく思った。嗄れ声で、手足は小さく、耳が立っていた彼は、彼女とわが身を比べてみた。「脈絡を失った」混血《メチス》、この人類学由来の表現は彼の心に強い印象を残していたのだった。精神的にもまとまりがない。彼は自分が街や書物や工業製品にどっぷり浸かっているのを感じていた。彼はすでに自分の種族ではなく、ある特殊な人種に属しているのだった。彼はムラートたちが緑人と呼ばれているアラブの国々に思いを馳せていた。それにくらべ、この女は黒曜石のようにまっ黒に輝いていた。彼女がしゃべるときに発するかぼそい声は、彼女の魂にぴったり合ったものだった。しかし、彼女が歌うときに上げる声は、森で求愛行動をする獣たちのように力強いものだった。彼女の名はデジレ・デジールという。

オクシドはこのような生活をさらに二ヶ月続けた。まわりにいた往年の農奴たちは、チャールストンでは踊らず、絹の薄皮で覆ったフルートの音を伴奏に、メヌエットやガヴォットを踊っていた……ときおり、聖霊修道会の修道士が夜にこの高原地帯を通りかかった。卵形の兜を被り、青い眼鏡とキニーネを携えて馬に乗ってやってきた。あるときは、家畜小屋でミサを執り行うために年老いた司祭がスーリールからやってきた。彼は祈りの儀式を大王王子殿下の健康を願って締めくくったものだった……[*]。そういったすべてがオクシドの気に入った。彼はこの新しい優しさの中に飛び込んでいきたい思いに駆られた。しかし、次の瞬間にはそれを悔いるようになるのだった。というのも、彼は自分自身に対して厳しかったものの首尾一貫はしていなかったからである。彼は自分の反抗心を研究に服従させた。彼は自分のひよわな体を押さえ込んだ。そして、ベチベル草の香り漂う屋根が乗ったマホガニーでできたデジレ・デジールの小屋で数日過ごした後、そういった態度の心地よさや感覚の平穏さを拒絶した。ヒーローにとって愛は毒なのだ、と彼は考えていたのだった。

* ルイ・ド・フランス（一六六一〜一七一一）は、フランス王ルイ14世と王妃マリー・テレーズの長男で成人した唯一の子ども。グラン・ドーファン（大王太子）として知られる。

「小娘たちは背の低い椰子の木のようにちくちくするものだ」と彼の父はかつて繰り返

し言ったものだった。「もしおまえが成功したいのだったら、道端で独りごとを言っているような年を取った黒人についていけ。彼らの与太話を聞くんだ。そこにもおなじくらいの秘密があるのだから……」。オクシドはこの忠告を思い出した。彼はその黒人女のところへ行くのはやめた。もっとも彼女は彼のことをバカにしており、パイプのようにあちこち火の回りをうろついて男をとっかえひっかえ火遊びをしていた。

ある晩、山々の頂きからランビを吹く音が聞こえて来た。ランビは満月の夜、魔法使いのパパロワたちがお互いを呼び合うために使うピンク色の法螺貝だった。オクシドは起き上がると、一番近くから聞こえる音の方へと歩いていって、その場にたどり着いた。

…………

星空の下、夢でも見ていたのだろうか？　岩でできた円形劇場にいた。コーヒーよりもさらによく炒られた顔色の農民たちに、闘鶏でも見物するかのように段々状に取り囲まれた。その中心にいた彼は、階段教室での解剖の授業につかわれる死体さながらの様子だった。

冠毛状の髭を逆立てたひとりの男が手に山刀をもって前に歩み寄ってきた。彼はひとしきりまくしたてた後、腐った食べ物を供えて、呪文を唱えて悪魔を呼び寄せようとしていた。その姿の一部が現れると、彼は自分のまわりの空気をこまかく切った。オクシドは恐怖に身を硬くして待った。武装したこの鳥人間は彼を激しくおびえさせた。彼はほかの者と同様に跪いて地面に顔をこすりつけた……。ふたたび身を起こすと彼は魔法使いが頭部を露わにするのをみた。この頭、彼にはそれが何であるかわかった。それは切り落とされた彼自身の生首だった。そう、金歯を入れ、蒼ざめた肌色をしており、その大きな眼はけっして瞬きすることはなかった。イスラーム教のマラブー用の目だし帽をかぶった司式者は、聖職者の看護士のように、蠅がそこに一匹でも止まることのないように注意しながら、血の出なくなった切り口がパックリ開いた首を扇いでいた。オクシドは自分の体に手を触れようとしたが、その動きは封じ込まれた。そのとき彼は見た——だが一体どの目で？——軸を失ったトロフィーのような彼の頭を耳のところでずっとつかんでいた死刑執行人が近づいてきて、中世の兜のように彼の肩の上にそれをふたたび置いた。オクシドはふたたび起き上がり、踊りはじめた。

オクシドは、自分を指名した人物を探していた。

彼は葉の繁った叢林に分け入った。ひとりの老人が彼の前に現れた。コルクのような痘瘡で顔にぼつぼつができ、眉毛が白く、破れたシャツを着ており、そこからは石炭よりも節くれだってまっ黒になっていた骨格が垣間みえた。この男が呪術師だった。

「お目にかかれて光栄です」オクシドは言った。

「よくいらしたな」老人は答えた。

オクシドは前日にプランテーションからもってきたラム酒と七面鳥を彼に贈った。

「これで精をつけてください」彼は言った。

相手はお返しに、コーヒーを振る舞った。

オクシドが期待していたのは秘蹟、治癒、薬草の粥といった、往年の魔女ばりの歓待だった。だが、穴の開くほど見つめた後にこの男の中に読み取ったものは、まったくそんなものはありそうもないということだった。

「ついてきなさい」呪術師は言った。

彼らは長いこと歩いた。かび臭い植物の匂いの後につづいて、どんな旺盛な樹種の育成も困難な高所の乾いた空気がやってきた。彼らはふたたび森の中へ入っていった。それは、祖先たちだけではなく彼らにとっても相も変らぬ避難場所となっていた。彼らは「呪われたイチジク畑」にたどり着いた。そこではその膜状の根が敷地の外へと伸びていた。いくつかの枝には首飾りが掛けられていた。スレート状の岩板の上に、オクシドは数本の頸骨と、古い剣と黄道十二宮図とペルノーの瓶があるのを見た。ブードゥーの祭壇であることが分かった。

「息子よ、おまえがなしたことは首尾よく行われた、しかし、時はまだ到来していない、手を……」と呪術師は言った。

オクシドはばら色の掌を差し出した。そこにはビストルで数本の線が書き込まれていた。

「……われわれはまだ苦しんでいる。おまえは学ぶ、なぜならおまえはなにも知らない」

オクシドは答えようとした。彼は法学博士であり、哲学の学士号をもち、卓越した雄弁家で、『ハイチの雷鳴』誌の編集人であることを。

「……まずは忘れることだ。おまえは口を使いすぎる」

オクシドは誇らしげに言った。

「私は裁判でよく弁護はしていました。しかし、私が弁舌を振るったことはいちど限りしかない……それは、三ヶ月前のこと、アメリカン・クラブの床の上だった……その夜、周囲一〇〇キロまで音を轟かせてやったんだ！」

「知っている、わかっておるよ……だからおまえは信じているのか？　占い師は老女のようにロバのように耳をそばだてて見る必要があるなんていうことを……。まずは和解をするのだ。動物たち、植物、鉱物と。すべてがみな家族なのだ。おまえの両親に感謝しろ。彼らがいなかったらなにもできないぞ。おまえは夢見ているのか？　おまえは夢を見ることができるのか？」

「なにが言いたいのです？」

「真実は夢の中に宿るのだ。夢は行為とおなじ重みを持っているのだ」

オクシドは彼の斬首の晩のことを忘れてしまっていた。目覚めてしまうと、彼は魔力をほとんど信じていなかった。彼が呪術師に近づいたのは下心をもってのことだった。このカーストの者たちは未来を読むことができると彼は聞いており、自分にたっぷりと未来が残されているということをつゆも疑っていなかったからである。サバトは笑劇ではなかった。その背後にあるのは毒薬の知識と魂の掌握だった。

「私は農民たちを目覚めさせたい、集団をつくり、首都へと進んでいきたい」と生粋のハイチ人であったオクシドは説明した。

「それにはおよばない。おまえは指一本汚さずに勝利するだろう」と占い師は言った。

「アメリカ人たちのことか?」

「全員が荷物をまとめて出て行く日がやって来るだろう」

事務所や法令集、判例集から遠く離れて、山の空気や切り詰めた生活が、オクシドの実体を奪っていった。集団生活を営む黒人たちとおなじように孤独に埋没していた。自分がロボットにでもなってしまったような気がしていた。もはや一般概念によって思考をすることがなくなった。大枚をはたいて二十ものヨーロッパの新聞を購読し、パリ発の知の最新流行を追っていた彼が(もっとも彼はそういったものを軽蔑する振りをしながら、そのことを隠していたのだが)、そういった習慣を奪われるやいなや、虚無の中へと堕ちていった。こういった教養は彼にとって一種の強壮剤の役割を果たしていた。それがなくなった今、彼は自分を見失ってしまった。ばかげた儀式に服従した。彼は女たちを完全に絶つことを受け入れた。その老師は彼に飲み物を与えた。おなじ晩に、彼は棘やサメの骨、体毛を丸めたもの、ビンの破片などをもらったような気がした。

しかしながら、魔術的な生に開眼したいという欲望や彼の従順な態度にもかかわらず、この呪術師の男が彼に約束したような四方八方へ放射状に伸びる力が彼のうちにわきあがってくるのを感じることはなかった。逆に、彼の意識は弱まっていくように思えた。

山羊や豚に囲まれて、酸味がかった乳や木が燃える香りや糞便のにおいをかぎ、亡命の身にあって、大地が生まれる広大な場に身を投じ、彼は動物のように暮らしていくだけで十分だった。彼は意味不明な寸言の数々を無理やり暗誦させられていた。それはヘブライ語だった――ブードゥーはカバラの親戚だったからである。鶏や子山羊の喉を掻き切るときにほとばしる血を見ると彼はとても興奮した。彼はその血をわが身に少しでもふんだんに受けるために近づいていった。イニシエーションを受けた彼は知識を蓄えていった。彼は、地上にはふたつの種しかないことを学んだ。白人種そして黒人種、それはまた月と太陽でもあった。男と女があり、火と水があり、理性と愛があった。キリストはムラートであり、救世主は白人の男と黒人女から生まれたということを学んだ。

「明日は混血にとってすべてが上首尾に行く日になろう」占い師は言った。

新月の晩がやってきた。

満月の晩、巨大な月が大地から跳ね飛ばされるスピードがあまりに速いために、雲を目印にしながら、目はその動きを追うしかなくなる。その夜、「語り部」たち、夜の暗誦者たちは姿を消す……巨大な箱に跨って繰り出されるリズム！「マルティニーク」の狂ったようなリズムが最高潮に達してきた。みな腹を揺らしていた。ダンサーたちだけでなく、そのまわりを幾重にも取り囲む助手たち、子どもたち、年寄りたちもみんなそうやっていた。アンス＝デ＝ピプ、スルス＝デ＝ミゼール、クリック＝ア＝ジュイフ、イル＝ア＝ヴァッシュ、サル＝トルーでは、黒人たちが背中とおなかをくっつけ合って、太鼓の轟音の合間に手を叩きながら踊っていた。

呪術師はオクシドを呪いのイチジクの木のところまで連れて行った。そのまわりは根の吸い込みが激しく、その木が大地から栄養を根こそぎ奪い取り、空き地にはちっぽけなサボテン以外なにも生えていなかったほどである。その有棘の植物は足を傷つけ血を流させた。占い師は弧を描き、このハイチ人の男の手をとり、それが大地に触れるところまで下げた。オクシドは四肢が痺れるのを感じた……大気が希薄化していった。一瞬のち、彼は自分が地面に伸びてしまっていることに気づいた……彼の体は汗を流し、疥癬を隠すために奴隷商人たちによって油を塗られた古《いにしえ》の奴隷たちの体のようにぬらぬらと光っていた……呪術師は、山からもぎ取ってきた水晶岩の大きな塊を彼の胸に押しつけた……オクシドは寒気を感じた……彼の体に割れ目が広がる……その塊はゼラチン状になった彼の体の中に入ってきた。彼は震えた。恐ろしい「魂食い」を相手にしていることがわかった……。魔術師は、彼の皮膚の下に三つの氷塊を入れた後、ふたたび縫合した……

オクシドはこのような荒石仕上げを施され、空間を自由に旅した。彼は見た。雪を、煙を、工場を、埋もれた神殿を……もともとの地形や人間がつくった起伏にもかかわらず、彼には世界が滑らかなものに見えた。あたかも、すべてが大海に覆われた液体状のひとつの塊となって、抽象的な流動体となっているようで、彼はすっかり魅了されてしまった。乾いた表面のみならず、海の底までが彼に向かって口を開いていたのである。

今では夜ごと彼は、家を出るように自分から抜け出し、幽体離脱をくり返していた。彼は外から自分の身振りや声を聞き、そういったものにこめられたニュアンスや、彼自身について教えてくれる未知の局面を沢山ふくんでいることを発見して驚いた。空間を駆けまわることに疲れると、彼はまどろむ彼の身体のかたわらに腰をおろした。

III

八年後、奇跡が起こった。ハイチ共和国が抑圧者から解放されたのだった。もはやニグロなど存在せず、いるのはただの黒人たちだった。(ハワイ諸島の)真珠湾での煮え切らない戦闘の後に合衆国と日本の間に敵対関係が芽ばえた次の月、全島におよぶ黒人たちの叛乱の脅威が差し迫る中、ヤンキーたちは撤退した。[*1] 高等弁務官、憲兵隊、税関官吏、各種専門家たち、エンジニア、評議員たちといった、自分たちが軽蔑するニグロたちの金によって肥太った人びとはみな、飛行機や探偵小説、蓄音機、計算機、アイスクリーム製造機などの各種機械といったもちものをまとめて、キー・ウエスト島[*2]に舞いもどっていった。

＊1　この記述は一九二八年の初版の時から存在する。奇しくもモランは一九四一年の日米開戦の史実を一三年前に予言している。

＊2　フロリダ半島の先端にある島。現在ではアメリカ本土と道路で陸続きになっている。

アメリカの占領後、残ったものといえば公用車くらいなものだった。それらをハイチ暫定政権は接収した。残っていたのはシカゴ出身の黒人の血をひいたクォーターの警察官、日傘の下で置き去りにされた彼は、C通りとM通りの交差点の隅できっちりと信号を送り続けているが、もはやだれも彼のことを信用するものはいない。市場に出かけるばあさんたちは、彼が交通整理をしようとすると、彼に尻を向けるのである。シャン＝ド＝マルスでは、シャンゼリゼの小宮殿をみごとに思い起こさせるスタイルで作られている国立宮殿に新しい大統領が住んでいる。新しい大統領、その人こそがオクシドだった。

ここにいる彼は堂々として、自己を御した立憲主義者だ。軍人たちの助けもまったく借りず、嘆願する支持者も、バイクに乗って笛を口に咥えた警官たちもいなかった。オクシドはただ市民たちの先頭に立つものとして、往来を歩いた。

しかしながら軍隊が去るとすぐに、白人たちへの憎しみが至るところで爆発した。それは外交官に身の危険を感じさせるほど激しいものだった。信任された閣僚たちは、用心から被害に遭うより前に叫び声を上げたがった。彼らは話をすべき人間を見つけた。オクシドは、自分は立ち去ることを止めたりはしないと彼らに答えた。ハイチは白人の力を借りずに生きていくことができたのだ。オクシドに刺激を受けた『雷鳴《トネール》』誌は、「おお、美しきアーリア人たちよ、豊かさを自称する者たち、政治的自由をごまかす者たちよ、いまとなってはおまえたちが弱いことを知った。あわれな環境に順応できない無気力な者たちよ、太陽に刃向かう力ももたず、リンパ質、近眼、マラリア熱の永遠の犠牲者たちよ。くどくどした連禱や、理屈屋の修練志願期や、容赦ない帝国主義者の祈禱をまた始めるがいい。さらばマキャベリたちよ！」と書きたてた。

ハイチが白人種の民たちといっさいの公式の関係を絶った直後、ソビエトの旗をたなびかせた汽船がポルトー・プランスにやってきて停泊した。髪を剃って瓢箪のようにすべすべした頭をしたタタール人の船員たちが、船舶展覧のために、入港許可を求めて受け入れられた。アウステルリッツ同志がその船長だった。彼女は使節団長の職位を持っており、祝砲を打って迎え入れられた。

オクシドはアウステルリッツ同志を表敬するために舷門に登った。

「マダム……」

「トヴァリッシュと呼んでちょうだい、いやファーストネームの方がいいわね。バリケードっていうのよ……聖人暦はおやめなさい……こちらにいる補佐官はプルードンという名前よ」

「ハイチでは百年以上前からつかっているものなのですが」とオクシドは答えた。

なにもかもが彼を驚嘆させた。船長の制服、左舷と右舷のランタンについている緑と赤、銅製のサモワール、梅毒の統計。戦争中に拿捕したこのドイツの古い病院船はブレスト＝リトフスク条約の後に返却を忘れ、いまではプロパガンダ用の洋上学校として改造されていた。このニチェヴォ号の外側の装甲板は地味な灰色であったが、内側は心臓のように真っ赤に塗られていた。レーニン像が真に迫る壮麗な様子で、ピエスモンテやチョウザメやキャビア、希少なグルメの数々を満載した宴会テーブルを見下ろしていた。テーブルにならべられた料理のうえには「貧乏人はヨーロッパのニグロである」というシャンフォールの格言が添えられていた。氷のキューブの中心に据えられた扇風機が、えも言われぬ爽やかな空気を送り出していた。有無を言わさぬ証拠を突きつけて西洋世界の破綻を示す映画やカラーの印刷物にオクシドはしばらく気をとられていた。ロシアの主要な生産物が魅惑的なテクニカルタームでガラスのポジの上に書かれており、オクシドを魅了した。彼は操舵室に飛び込んで翌日も訪れることを約束した。

翌日、船上では仮面舞踏会が催され、ポルトー・プランス中がフランス風の仮装をして参加した。アウステルリッツ同志はといえば、ウォルスという名のモスクワの一流デザイナーの手による赤いビロードの服に身をつつんで、ニグロ女に扮して笑いをとった。彼女はバクーの植民地反乱学校で学んだちょっとしたプレゼントの効用についての授業を忘れてはいなかった。オクシドは大いに満足した。彼はマルクスとレーニンの著作と写真を腕に抱えて持ち帰った。そこには、ニグロへのプロパガンダに言及した第三インターナショナルの第二回大会の有名な演説のテクストも含まれていた。彼はクロテンの毛皮と、ジャワの反乱で最近有名になったマレー半島のセマングの族長の肖像を受け取った。この独裁執政官は最良の臣下を派遣することを約束した。彼はそこで、アジアの「死の組織ＯＭ」に似通った社会を見せるためにソビエト人民委員のポルトー・プランスへの派遣を承諾した。

船はさらに何トンものパンフレットをばら撒いた後、出港した。オクシドはバリケード・アウステルリッツ同志に賛辞を惜しまなかった。しかし、ハイチ人たちが彼に追従することはなかった。保守的で、ときには反動的な妻たちの多大なる影響下にあった彼らは、モスクワのウォルスはギャラリー・ラファイエットほどの価値もなく、宣伝船の下士官たちはワルツも踊れず、ロシア女はニグロ女の仮装をすることによって彼らに敵対しようとしたのかもしれないと言い、しまいにはこの自称宣伝船は焼き討ち船に過ぎないとまで言いだす始末だった。

ここでもまたオクシドは理解されずにふたたびだんまりを決め込むのだった。


オクシドは機が熟すのを待った。

さまざまな法の調和した作用によって彼の権力に形と実体を与えている暫定政府、党員や軍隊の不在といったすべてが相俟ってこの独裁執政官に耐え忍ぶことを強いた。そうなのである。彼はメキシコで注文した機関銃が密かにトルトゥーガ島に運び込まれるのを待っていた。そうしたらどうなることか。目下のところ彼は軍隊について勉強し、省庁に探りを入れていた。彼はバルコニーに二挺の銃を据えていた。一つは敵の方へ向け、もう一つは彼の部隊の方へ向けていた。つぼの中の鰐のように動かず、口元をきゅっと結び、アメリカ人の管理下で国庫に蓄積されていくグルド貨幣を大きく目を見開いて見張っていた……

そうしている間に、貿易風に乗ってアウステルリッツ同志から運ばれてきたよき種は芽生えはじめていた。オクシドはプロパガンダのパンフレットを読んだ。すばらしい一覧表、心を奪うデッサンの数々、アングロ・サクソン人が彼らの功労に応じてならべられている図像が彼の目に飛び込んできた。樹形になった家系図のような彩色挿絵のおかげで、ソヴィエト評議会の世界中の支部組織が一目で分かるようになっていた。だんだんと、オクシドは、黒人世界の先頭に立って、アメリカのこめかみに装塡した銃をつきつける歩哨であることを夢見はじめていた。ハイチはモスクワの陰画になるかもしれない……八年前、アメリカン・クラブに爆弾を仕掛けたとき、彼は個人的怨恨を晴らしたわけでも、(彼を大統領へと押上げたポルトー・プランスの大多数の有権者たちが考えていたように)国家的業績を成し遂げようとしたわけでもなかった。彼は、先駆的なボルシェビキの闘士だったのだ。この数年の間、民衆と痛みを分かち合い、彼らと緊密に接しながら田舎に引きこもって生活しながら、彼自身の才能がしめす道にしたがい、同時代の偉大な思想家たちが顔をつき合わせる交差点にたどりついたにすぎなかった。呪術師が彼にイニシエーションの時に教えたように、西欧世界の弔鐘が鳴らされたのではないにせよ、昨日まで締め出されてきた有色の民についにその刻が訪れたのではないか。つまり商売が人道に悖るものとなり、富が憎むべきものとなる時代が到達したのではないだろうか。

三ヶ月もの間、未来の大統領は眠らなかった。街なかでは、砲弾のように黒くて硬い頭をピンク色した爪の手の中にかかえこみながら、彼がブハーリンの『中国革命』を勉強している姿がみられた。乾季の到来とともにもやが霧散した星空へと目を上げ、彼は未開の黒人たちの世界を見まわした。ピューリタニズムに浸りきってブルジョワ化した哀れな機械となりさがったニグロのヤンキー、原住民との混血によって愚鈍になったブラジルのニグロたち、西欧の帝国主義者たちに押しつぶされた野蛮人であるアフリカのニグロたち！

それらは、アンティーユ諸島のニグロたち、つまり、彼、オクシドに見本を与えるものかもしれない。

彼は信頼を置く人物たちに自分の計画を打ち明けた。友人ではなく。彼は他人に見られるようなこの種の甘さを自らに禁じていたので、友人はひとりもいなかった。こういった点において、レーニンに追従していることは嬉しかった。レーニンは、音楽といういちばんの楽しみを自らに禁じていたのだ。フランス領ギアナの貿易港カイエンヌから逃れてきた徒刑囚やキュラソーのオランダ人脱走兵たちから人を募った。彼は秘密裏に中国人のクリーニング屋たちを紅衛兵に仕立て上げた。どの場合でも、彼は閣僚たちにはひと言も打ち明けなかった。彼らはボヘミアンの学生あがりで、黒人でありながらフェリブリージュ*の会員で、いつでも裏切りの準備はできている腹黒い日和見主義者たちだった。閣議への出席、これが彼らが彼に課すものであり、彼を疲労困憊させるのであった。度し難いお喋りどもは、民主主義と急進主義、急進主義と進歩主義といった政治の領域での争いにおいても、氏族から氏族へ受け継がれてきた先祖伝来のアフリカ人のゲリラ戦法をひたすら繰り返すことに終始していたのだった。しかし、オクシドはまだうまく切り盛りできていた。というのも世論は彼の味方だったからだ。

＊　南仏出身のノーベル賞受賞作家フレデリック・ミストラルらが一八五四年に創設した団体。フランス国内の地方語であるラテン語系ガロ・ロマン語由来のオクシタン語の保護を目的とした文芸運動を展開した。

「わすらの親愛なる憲法典……」ファラモンが切り出した。この男はオクシドが選挙で勝利した日、政敵の投票用紙を飲み込み、腸閉塞で死にぞこない、その戦功ゆえにオクシドの寵愛を受ける権利を自分が有していることをつゆとも疑っていなかった。

「もしかしてじゃが、国民投票のことではないか?」ワルデック゠ルソーは思いきって口を開く。

「そんなものはみな十九世紀のアカデミックなお遊びではりぼてにすぎんよ」オクシドはそっけなく答えた。

「わたしらの聖典は建物の大理石製のペディメントのところに、われらが建てたもうもの、な、り、と神聖な言葉、平和の言葉を銘記しなければなりませんぞ」とサイラ・コリオランは言った。その地位は「汝の黒いふたつの手のあいだに私の白い手をおこう」という言葉で終わるヴィクトル・ユーゴーからとあるコリオライ人に宛てられた手紙をグリグリのように彼が大事に持っていたということからきている。

オクシドは肩をすくめた。

「愚にもつかぬことを言うな！　戦争だ！　いまもこれからもずっと戦争だ！　ダーウィンを知らんのか。もっとも強い者たちが生き残るのだ」

「もっともでございます」ヒエロニムス・ミシュレが答えた。まじりけなしのファン族的な男である。「愚か者ではございますが、だが祖国の為に命をなげうつ覚悟はできております」

「祖国などという時代遅れの言葉をいまだに口に出すようなやつは閣議からつまみ出すぞ……明日の朝、五時に航空技術についてのおまえの報告を待っているぞ、ラマルチーヌ。七時にはメザムールが私に知事たちのことを報告にやってくることになっておる……わしの顔をとやかく言って笑うようなことは許さんぞ！」

服装が変化したとか、無駄毛の処理が上手くなったとか、新しいアクセサリーが増えたとか、他人のそんな細かいことに気がつくほど注意深い人間などいやしない。オクシドがコップから書類へと頭を動かし、彼が顎鬚をピンとなるように躍起になって手入れをしても、いつも皮製の書類かばんを脇に抱えて出てきて、レーニンのようにポケットに手を入れて演説をぶるのをちょうど良いタイミングで見たとしても、それほど驚くことはなかった。トロツキーのような鉄製の鼻眼鏡（光を凝縮させるこの鼻眼鏡は彼にアフリカのフェティッシュのような雰囲気を与えていた）をかけて閲兵した日には、すでに取り返しのつかないことになっていたことが明らかになった。

実際、この一九三X年十二月十三日の朝八時から警察官たちは銀行の前に車で乗りつけ、金庫の鍵を引きわたすようにきびしく要求した。ニッケルメッキされたブローニング銃を突きつけられ、窓口係の外国人の職員たちは微動だにすることができなかった。有価証券や手形や垢まみれのグルド通貨や大量のドル通貨を満載したトラックが目的地に向けて出発した。正午に、オクシドは銀行の国有化を告示によって高らかに宣言した。黄色い肌をした歩哨たちが監視塔でまどろんでいる時刻に、垂直に立ち上がる砲火の下でポルトー・プランスが消滅しつつあったころ、牢獄の扉は開き、臨時政府のメンバーたちを飲み込んでしまった。とはいえ、だれもそれに驚く人間はおらず、拘留されたものたち自身も、彼らの悲しい運命にもかかわらず、アメリカ人たちが出て行って以来初めて、決定的にハイチに自由が行き渡り黄金時代が始まろうとしているという印象をもった。昼夜を問わず、蛍のように間歇的に煌く銃から発せられる砲火がふたたび見られた。街道沿いでは車輪のなくなった自動車や、鞍がかけられているが不思議なことに騎手がどこかに行ってしまった馬たちに出会った。ついにハイチの国旗（といっても知られているように、古いフランス国旗から、あらゆる点においてうとましい白を抜き、残りの青と赤によって、ニグロとムラートの連帯を象徴したものだ）はさらに単純化され、赤い旗となり、ブードゥーの杖ココ＝マカクとサトウキビを切る手袋は槌と鎌だけに置き換わった。夜中のうちにオクシドの抱いていた大きな構想が実現したのだ。ハイチ・ソヴィエト共和国連邦ＵＲＳＳＨが樹立されたのだ。

　こうして近代的な黒人インターナショナルは誕生した。この誕生は一世紀まえのトゥサン＝ルヴェルチュールによる解放運動の後に続いた共和制に匹敵するものだ。トゥサン＝ルヴェルチュールがナポレオンよりも偉大なら、オクシドはレーニンよりも偉大であった。

　その夜、農民たちと兵士たちによる革命評議会が急遽ミルバレーとロンドー＝ジョリで開催された一方、宮殿ではハイチ革命委員会と憲法専門家「この世よさらば《アデュ・オ・モンド》」教授の援助を受け、この独裁執政官がニグロ共産主義憲章を起草していた。明け方には、オクシドはウラジミールを名乗り、素性の知れぬロアンとやらに敬意を表してかつて命名されたポルトー・プランスも、ロシアの十月革命にかけてオクトブルヴィルという名に生まれ変わった。あるラジオ局は、まさに電磁波的な叫び声で、熱帯と極地、つまり太陽と雪との神秘的な融合を人びとに知らしめた。彼らの保有する大量のドルやルピーやレイやマリア＝テレジのエキュ通貨やペソにもかかわらず、まだ世界がインドにおける蜂起や、中国における決定的な反乱が起こるのを待っているときにソヴィエト連邦共和国のプロパガンダ工場がうまく果たせないでいたことを、地球の反対側で一気に成し遂げてしまったのである。一人の男、つまり彼だけが実を挙げたのだった！

「私は革命の技術屋だ」と、技術屋などとは対極にあるようなオクシドは繰り返し言っていた。彼はこの表現をたいそう気に入っており、指輪のように肌身離さなかった。反応がそれほど芳しくなかったので、オクシドは国民的英雄の役割を演じはじめた。国民はすでに彼をデサリーヌや料理人上がりのクリストフ王[*1]を引き合いに出してくらべていた。赤い紙を使った党員証は好意的に人びとに受け入れられた。赤はニグロたちのお気に入りの色だったからである。紅衛兵のことが話題に上ると、とたんにこの語は大好評を博した。棒給をもらえなくなった年老いた将軍たちはプランテーションに引きこもり、そこで監督として、じっと我慢して拍車を磨いていた。われわれはもはやアメリカ人の真似はしない。真の刷新が始まる。焼けつくような暑さにもかかわらず、オクシドはトナカイの皮でできたブーツとモンゴル帽を身につけた部隊を編成した。人びとはこぞって軍に加入した。「将軍ではないハイチ人は皆兵士である」といったダロー[*2]の約束は守られたわけである。「鉄の規律、鋼の職制」とオクシドは怒号を上げ、紅衛兵は、シルヴァン・サルナーヴ大統領の家父長的治世下におけるように[*3]、略奪を禁じられ、整然とさえしていた。一月十六日火曜日、外国人たちが島から追放された。十七日水曜日、オクシドは無料映画館を作り、結婚制度を廃止した。十八日には宗教を禁止。十九日には家族を廃止。呪術師のことを思い出し、この独裁執政官はブードゥー教の信仰の自由を認めた。独立時代初期に、通貨に刻印されていた聖なる蛇の肖像がふたたびお目見えした。大寺院となった大聖堂の中ではサルが飼育され、マホガニー製の男根像が据えられ、その前では小学生の子どもたちが隊列を組んでクレオール語の詩を唱えていた。宗教が去ったその場所を、魔術が占領したのである。帝政ロシアの農民であるムジークの上着と赤い腕章を身につけさせられた魔術師たちは、権威づけのために黒人インターナショナルの代表者に任命された。彼らは容赦なく恐怖政治へと突き進んでいった。流血は神の大好物であり、もっとも美しい祭りだからであった。

＊1　アンリ・クリストフ（一七六七〜一八二〇）ハイチ独立後、デサリーヌに対するクーデターを起こし、一八一一年に北ハイチ王国樹立。国王となるが一八二〇年自殺。

＊2　ギュスターヴ・ダロー（一八一六〜八五）。一八四七年大統領に就任し、四九年にハイチ帝国皇帝フォースタン1世として即位したフォースタン・スールクについての著書（一八五六年刊）を執筆した人物。

＊3　シルヴァン・サルナーヴ（一八二〇〜七〇）ハイチ大統領（一八六七〜九）在任中は社会主義的な独裁強権政治を行い、一八七〇年処刑。

恐怖政治へと突き進め！　オクシドはレーニン自身がフランス革命に範をとることを厭

わなかったことを思い出した。さて、一七八九年、ハイチではなにが見られたのか？　無気力な奴隷たちが住みついたこの島では、ジャコバン派の梃入れがなかったならば、彼ら自身で反旗を翻そうなどとはけっして思わなかったに違いない。運がよいことに、左派の大物であるミラボーやラファイエットは攻撃のコツを知っていた。彼らは一七八六年より、黒人友の会を創設し、植民地にパンフレットをばら撒き、有色人種たちを革命へと扇動していたのだった。一七九一年、（ロベスピエールの言葉）「原則よりも植民地が滅びるべし」。一七九四年、事は成れり。しかしそれは黒人たちのおかげだろうか？　まさか。そこでもフランスの国民公会がお膳立てをしなければならなかったのである。委員であったポルヴェレルとソントナクスがパリからやってきた。[*]フリジア帽を被った革命家たちの眼前で奴隷たちは無気力だった。そこでソントナクスはポルトー・プランスの中心にある広場にみずからギロチンを組みたてた。そして人民を招集した。集まったのは二万もの黒人たち。彼らの前でこの男はみずから手を下して王党派の男の首を刎ね、ニグロたちに差し出した。しかし、たいそうな未開人の彼らは、並外れて信心深く「白人は神の生まれ変わり」という考えになじんでいたため、恐れおののき、喜ぶどころか恥じ入って、罰当たりなことはするなと叫び、なんとギロチンを壊してばらばらにしてしまったのだ！

＊　レジェ＝フェリシテ・ソントナクス（一七六三〜一八一三）。革命期のジャコバン派の政治家。一七九三年に、エチエンヌ・ポルヴェレルと共にハイチの奴隷制度を廃止。

だが、奴隷たちがこの装置に興味を抱き始め、彼らの主人たちを二枚の板に挟んでのこぎりで挽き殺すことになるまで時間はかからなかった。さらに、この国民公会委員たちが同様にそこにかけられるときは、拍手喝さいで迎えられることになる。[*]オクシドは考えていた。白人の同胞の首をニグロたちに差し出すという、国民公会派のソントナクスが造作なくやってのけた身振りがきちんと思ったとおりの結果にむすびつくには、それでもなお一世紀は待たなければならないだろう。いまではオクシドも進歩に向かって歩みを進めるためにおなじような努力を強いられていたのだった。農民たちはなにも理解してはいない。やつらは収穫を隠してしまう。金はすっからかんだ。というのも、この独裁執政官は、古来のアフリカ的な物々交換制度への回帰を目指して、瓢箪に入った砂糖シロップを貨幣の単位として使用していたからである。なんということか！　田舎の人間たちはいまだにドルを信頼しているのだ。しかし乗り越えるべき障害が山積みになればなるほど、ますますニグロとしての矜持にオクシドは固執した。オクシドはもはや睡眠をとらなくなっていた。しかしながら、ハイチで言われているように「彼は気取っている」のである。彼は統合を図り、困難を取り除き、国有化を推し進めた。彼は、砂糖、バナナ、女たちを国有化した。セックス、バナナ、ココ椰子の実、これら自然の恵みは無料なのか？　デサリーヌ同様、男であれば誰でも彼の怒りを免れなかったし、女であればすべて彼の欲望の対象となった。この偉人デサリーヌを引き合いに出すことが彼を高揚させた。声を高らかに上げて、彼はデサリーヌの物語を再読した。「デサリーヌは叫んだ。兵士たちよ、汝らは我が誰であるか分からぬのか？　我は、汝らの皇帝であるぞ！　皇帝デサリーヌは彼の馬の鞍骨に吊り下げていたココ＝マカクの杖をつかんで振り回した（……）」

＊　実際は、一七九五年に他界したポルヴェレルの死因は病死であり、他方ソントナクスは帰国し、ジロンド派の政治家として一八三一年まで活躍している。それゆえ、この箇所は史実に即していない。

ボンバルドポリスからシュー・パルミストに至るまで島中で血が流された。秘密警察はちょっとした密告を元に人びとを検挙した。一万八千人もの公務員が明日世も知れぬ運命となった。自分たち自身で外国の浜辺にたどり着くことができたものは運が良かった——というわけで、亡命〔exil 島から出ること〕という言葉がつくられたのだ。

ちょうどおなじとき、オクシドの心には、ニグロにありがちな急な心変わりがひっそりと頭をもたげてきた。彼は絶対権力に酔いしれ、本能が弛緩していた。彼の権力への意志が暴発したのだ。そうすることがまだ流行ならば、明日にでも彼は王になっていただろう。彼は自分のために凱旋門を建てさせた。反乱分子の財産を没収した。オーステルリッツ同志によって目覚めさせられた貢物への嗜好はとどまるところを知らなかった。モスクワ、ダオメの族長たち、アトランティック・ラインの寝台車に陣取る赤いヘルメットを被ったニグロたち、マルティニークの代議士たちといったさまざまな人びとから、彼はさまざまな贈り物を受けとった。地方の住民は、何世紀も前から土の中に埋まっていた古いスペインのダブロン金貨やフランスのルイ金貨を彼のもとに送ってきた。全軍隊は彼の所有するプランテーションで働かされていた。いまではオクシドは二千万ドルもの財産を蓄えていた。夜になると彼は砂糖を計量する大きな秤でそれらを数えるのだった。

この博識なでくの坊の大胆な社会をゆるがす企ての知らせを受け、いつも新しいものを渇望している黒人世界は、ちょうどよい焼き加減でいまにも膨らもうとしているパン生地さながら、わなないていた。南アフリカ連邦トランスヴァール州の黒人コミュニストたち、シカゴのカフェオレ色の肌色をしたムラートのアナーキストたち、マルセイユで活動するセネガル人の革命分子たちは、こぞって彼のことを天才として讃えた。かつて『ニチェヴォ』[*1]の中で見た場面を真似て、オクシドはバルコニーから拡声器で人民にそれらを読み上げてやった。「沙面フランス租界や海南島[*2]からの電報はひと単語につき三ドルもするのだ！　中国南部で最初に反乱が起きたのは、彼らに〔背が低く褐色の肌をもつ半島系の〕ニグリト族の血が流れているからなのだ……」そして、熱狂がわき起こるのを見るや見物人たち同士に一斉検挙を行わせ、ジャーナリストたちには公共事業として、この国を美しく書きたてる仕事を課した。いまでは、新兵たちが、縦列を組む蟻のように、アメリカ製のセメントやイタリア製の大理石やアルティボニット川の砂を頭の上に載せて運搬するのが見えた。建てようとしているのは新しいモニュメントなどではなかった。それは元からあったナショナルパレスであり、そこに巨大な玉ねぎのような黄金色の球根をくっつけ、ハイチのクレムリン宮殿に仕立て上げようとしていたのである。多くの労働者たちが命を落とした。

＊1 『ニチェヴォ』（Nitchevo「無」）ジャック・ド・バロンセリ（一八八一～一九五一）が一九二六年に発表した映画。
＊2 中華人民共和国の広州にある人工島。

オクシドはうんざりしていた。

「旅に出てはいかがでしょう」儀式長官に任命されたファラモンがそれとなく吹き込んだ。

しかし、オクシドはサンチャゴに着くやいなや、自分が解任されるかもしれないということに気づいた。

「旅に出るなんて狂気の沙汰だ！　私としたことが旅に出るなんて？　ロンドンに出かけるコルベール、サン・フランシスコにいるレオン十三世、北京にいるマーラーなど見たことがあるか？　旅行なんぞうっちゃっておかんとな。そんなものはユダヤ人、商人、スノッブ、神経症患者、女衒、ピアニスト、そういった類の連中にお似合いなのだ！」

「ですから、文学や詩の方を試してみるとよいのです」と、ウェルキンゲトリクス（・

メドール）[*]が彼に耳打ちをする。

* 古代ローマのガリア侵略に対して抵抗したフランス人最初の英雄ウェルキンゲトリクス（前七二～前二七）に由来。

ハイチは静寂に包まれていた。オクシドは赤軍と赤色百人隊の行進にうんざりしていた。そういったわけで、この日、彼は「ハイチ赤色宣伝院　I・P・R・H」を創立し、その挨拶の演説をしたのはまったくもって無気力からだった。もっとも、「反動主義者のプロパガンダに抗して、私は前進のためのプロパガンダを支持する……」などという内容は古い『ユマニテ』紙の記事から丸写ししてきたものだった。かつて毅然とした簡潔さをモットーとしていた彼は、今では「みなさま、革命委員会は多大な関心を抱いていることがあるのです……」などともったいぶった語り口で駄弁に堕していた。十八世紀のフランス人たちが、ムラートの「おしゃべり」と呼んでいたものが彼の中に姿を現した。彼は、プロジェクターを備えた野外劇場を建設し、そこでセルゲイ・プロコピエフの音楽を伴奏に労働者のバレエを上演させた。彼は炎天下にもかかわらず、黒テンの毛皮のコートを羽織り、アストラハンの帽子を被って観劇した。ペシオンヴィルにある富裕層の別荘は接収され、サナトリウムへと形を変えた。広大な敷地の博物館がいくつも建てられたが、中身はがらんとしていたので、人びとは館内を自動車で横断していた。そのうちのひとつである「地域の動物類・鳥類」を集めた博物館（M・F・O・L）には、一匹のオウムが展示されているだけで、「ひどいもんだ」という言葉を一日中飽きもせず繰り返していた。

ニグロの人生は短い。もうオクシドは自身の人生の終わりに思いを馳せる時期に来ていた。彼は、老いぼれてやせ細ってしまってはいなかっただろうか？　彼は、大聖堂の前にあるレーニン広場に、モスクワとおなじように、天辺に夜じゅう赤々と輝く焔を頂いた霊廟を自分のために建設させた。彼はレンガでできた貧乏人の墓はいやだった。尿瓶とシルクハットと傘で飾られた丸くふくらんだ墳墓に対する先祖たちがもっていた嗜好が芽ばえてきた。竹や鬱蒼としたパンヤノキの林に囲まれた彼の終の棲家、パームビーチに建つあたらしいホテルや、テオドリック廟*や、血と大砲の火薬とブランデーが染み込んだ年を経ても劣化することのない漆喰でできた奴隷海岸の古い城砦に着想を得て、コンクリート製の丸天井型のものになるだろう。

＊　東ゴート王国の創始者。

太鼓もちに囲まれたオクシドは、ときおり暇つぶしのために新しい拷問器具をデザインした。それから、ジョセフィン・ベーカーから革命のために献じられた十二気筒の自動車に乗って、彼の政敵たちが、自分が命じたとおりにきちんと磔刑にされているか、ちゃんと手足を繋がれているか、性器を口の中に突っ込まれているかどうか、胸の方へ足を折り曲げられているか、ココ椰子の木に逆さづりにされているかどうか確かめにいくのである。彼は他人の苦悶には無関心なため、その場で長ながと楽しむようなことはしない。もともと詩を書く人間をそれほど愚弄することはなかった彼だったが、未来の受刑者のために自ら立て札作りを手がけるようになった。

「これは汚らわしい大罪であり、
オクシドの怒りはそれを許すことは決してない」

カール・マルクス、そしてその厳格な科学よ、さらば！　オクシドは、ウェルキンゲトリクスの勧めに従い、電報を駆使して、クロスワード・パズルのコンクールに参加する。彼は『アナール』誌に軽めの詩を投稿した。

美しい鳥たちが漁をするために飛び去っていく
朝が一日のざわめきをくり出す前に、
おまえたちはみなとどまるが良い、
ダイヤモンドのように煌く川岸の上に、
美しき鳥たちよ！

ピンク色のニスを塗った額縁にはまったガラスの下に、彼は従姉のイヴォンヌから返事として受け取った賞讃の手紙をいれた。もっとも彼女は、オクシドのことをクレオールの小娘と勘違いしていたのだったが。

彼は愛想を振りまくことに没頭したが、もはやコンゴ産のマメやハイチのトマトを辛く味付けしたマリスソースをかけた燻製ニシンに満足できなくなっていた。彼はエキゾチックなご馳走を求めていた。ハバナから飛行機でキャビアやフォワグラやスパークリング・ワインを取り寄せた。彼は島一番のホテル支配人であるポール・ブールジェに厨房を任せた。

オクトブルヴィルの日中は、かつてシエスタの時間だけにみられた静けさに包まれていた。通りには人気がなく、昼どきでもそれは例外ではなかった。災禍が世界創造の日を待っていた。自然は眩暈を起こすようなにも書き込まれていない真っ白なページであり、そこには不可能なことでさえも書き込まれる可能性があった。オクシドには、もはやハイチを破壊するか、みずから消え去るしか選択肢はなかった。彼にはそうしたい気持ちがないわけではなかった。彼は、先祖たちが首長をその妻や下僕たちと一緒に葬ったことを読み知っていた。同様に彼はハイチの住民すべてが彼と一緒に墓に入ることを望んでいたのかもしれない。贅沢と色欲に対する強い欲望をともなう豪奢さの発作の後には、台風の後のように決まって、瞬間的に意気消沈する時期がつづいた。彼はもはや女を欲しなくなっていた。もはや彼は、自分の一二〇人もの（ハイチでは「外の子」と呼ばれる）非嫡出子たちを、実入りのよいポストにつけようとは思わなくなっていた。彼らの方はもう、パパ！　と叫んでも無駄だった。彼は黄金のヒールがついたブーツで彼らを追い返した。しかもオクシドはこれ以上新たに子どもをもつ気はなかった。彼は愛の媚薬、リアンヌ＝バンディを使いすぎた。お楽しみが過ぎたのである。彼は、熱狂のモダンな形態である憎しみをそれ自体を目的として楽しんだ。欠乏への神秘的な渇望が彼にふたたび取りついた。古い聖なる樹木をダイナマイトで吹きとばし、泉を封印した。熱帯地方の自然はそれ自体、贅沢であり、いまや彼を攻撃しようとしていたのである。彼は、雪がもたらす平等を妬んだ。彼は時には古いひこばえの時代を信じ、市場で彼らの木炭の小さな山を前にうずくまる老婆さえものべつまくなしに叩きまくった。彼はキューバからブルドッグを輸入し、シリア人の密売人たちの前に放った。彼の命令によって、オーステルリッツ同志が派遣した元サハリン徒刑囚の特派員を、真珠の不正取引を始めた廉で処刑した。

　オクシドが望むこと、それはロシアが決して経験することのないようなコミュニズムだった。つまり、アフリカの原始的な共産主義、裸体の共産主義へ回帰することだった。それはパイプや女や鍋の共産主義であり、隣人の息遣いが監視され、他人の心臓の鼓動ひとつひとつがこっそり盗み聞きされているような透け透け小屋の共産主義だった。今となっては彼にとって白人を見かけることは、牛に赤い色を見せるのとおなじ印象を与えるものになっていた。ロシアのボルシェビキは彼らの敵を、「白軍」と呼んだではないか？　彼は白い下着の使用を禁じた。さらに彼は洋服そのものを禁止した。地上の楽園への回帰というわけである。

「夢に憑かれた化け物だな」とオクトブルヴィルの住民たちは、自身の虐待者に対するニグロ特有の寛大な忍耐強さを失わずに言った。

丸い小丘の上にのぼれば、ひと目でオクシドの権力がいかほどのものか見積もることができる。肉に付いたハエのような青くて浅いカリブ海はもはやいかなる船も受け入れてはいなかった。黄熱病が沿岸部に彩りを添えていた。もはや灯台に明かりが灯ることはなかった。西の方ではドミニカ共和国が共産主義の伝播をふせぐ遮蔽帯を国境に据えた。唯一、一万八千人の公務員たちのタイプライターがぱちぱちいう音だけが鳴り響いていた。とはいえ、彼らはなにかを書いているというわけでもなかった。数ヶ月前からもはや紙は支給されなくなっていたからである。外国からやってくる脅威は完全に消えた。反乱の企てが日常的なものになったが、石鹸の泡のように次から次へとつぶされていった。嫌疑をかけられたジャーナリストたちはハンセン病療養施設送りとなった。オクシドはうちわを仰ぎながらせせら笑った。「猿たちと楽しむがいい、だが、やつらの尻尾をひっぱったりはしないように気をつけろ」。「彼のオツム」について笑うものはもはや誰もいなかった。彼は首都にある一番大きな墓場にキャンピュス・オクシディと名づけた。

とにもかくにも、神は皇帝を守護しているようだった。

IV

正午十二時だった。

その時、潮風が吹き始めた。オクシドは唄いながら髭を剃っていた。剃刀を一振りするたびに石鹸の泡が彼の頬から離れていき、白かった彼の顔はふたたび真っ黒になった。

国営ラジオ放送局長が謁見の許可も取らずに足早に部屋に入ってきた。彼は独裁執政官にラジオを差し出した。


一時にナショナルパレスの鉄門が開かれ、日よけを下ろした数台の公用車がクラクションを狂ったように鳴らし、埃を舞い上げ、カパイシャン方面へ進んでいった。

オクトブルヴィルの住民たちが、シエスタの後、勇気を出して外に出てみると、公共土木事業用のトラックや農業庁のトラクターが、彫像やら家具やらヴェネチア・ガラスで出来たシャンデリアやら、絹織物やら、ワインやら、スケート靴やら、毛皮やら、（空圧式自動ピアノ）ピアノやら、キャンディーやらを満載して飛び出てくるのが見えた。みな、情報を求めて右往左往していた。

まさにそのとき砲弾が炸裂した。

砲弾は兵舎に穴を穿ち、エルドラドのビリヤード場を貫き、庭で作業中だった清掃婦の命を奪った。なんとも不可解な出来事だった。ハイチ人たちは、クーデターというものは陸の方からしかやってこないことを良く知っていたからである。しかし、砲弾は海の方から発射されており、海にはだれもいなかったはずだった。

しかしながら二時間後、水平線の彼方に煙が立ち昇るのが見えた。ついで煙突が姿を現した。五時頃になると、数本の鉄製のマストが沈みゆく太陽が織り成すオレンジ色と赤紫色の戯れの中に混じって見えた。

「アメリカ人だ！　逃げろ！」

日が暮れると、飛行機用のカタパルトと下水管のように太い大砲を兼ね備えたアメリカ軍の船団、一年の不在の後、オクトブルヴィルの前にふたたび姿を現し投錨したのである。

オクシドは人が思うほど遠くに逃げてはいなかった。彼は身代わりを走らせて追跡をかわそうと考え、彼を乗せずにトラックを出発させていたのだった。本能か、伝統ゆえか、それとも錯乱がなせる技か、彼はフランス公使館に避難所を求めようと試みた。ハイチの歴史にあって、公使館というものはいつも避難場所を与える権利を享受してきたからであった。オクシドは、かの国の外交官を追放したのはほかならぬ彼自身であることや、黒っぽいエンブレムが付いたフランス革命期の共和国時代に出来たこの館はほかの建物と同様に封印された木の小屋にすぎなかったことを忘れて、そのなかへと入っていった。当然すべての入り口は閉まっていた。そのとき、ヤンキーの海軍ラッパが鳴り響いた。オクシドは、庭の池に首まで浸かる時間しかなかった。水は生ぬるく、汚れていた。銃声が聞こえた、しかしそれは空に向かって撃たれたものだった。昔からのポルトー・プランスの住民たちが彼らの元主人たちを解放者として、天空に几帳面に星々が通りのように一列に並んだおぞましい国旗とともに受け入れたのである。

このとき、パトロール隊が、公使館を回って独裁執政官を探していた。人民は鉄柵に向かってわめき声を上げていた。オクシドは震え上がって、一九一五年にこの場所で殺された元大統領のヴィルブラン＝ギヨーム将軍*のことを考えていた。恰幅のよさにもかかわらず、そのとき彼は二〇センチほどしか間隔の空いていない格子の間をすり抜けたのだった……オクシドは考えた。遅かれ早かれ彼は発見されてしまうだろう。アメリカ人たちは蚊が嫌いなので、すぐにすべての池をさらって空っぽにする癖があるのだから。それゆえ、夜が更けるとすぐに、彼は池から出て、バナナの葉で体を拭って、かつてのように山岳地方へ向かった。

＊　ヴィルブラン・ギヨーム・サム（一八五九〜一九一五）テロで前任のキンキナトゥス・ラコント大統領を殺害し、一九一五年にハイチ大統領になるものの、同年のハイチ革命で失墜。

翌日、合衆国の海軍大将司令官による短い告知文が街のいたるところの壁に貼られた。

「オクシドの首に賞金一万ドル」

この日に再刊されたハイチの日刊紙はより饒舌だった。ウェルキンゲトリクス・メドールは大統領に指名されたが、ウェルキンゲトリクスは、数日前に独裁執政官について、一ページの批評を発表し、そこでオクシドのことを「ロンサールの見出したものとラマルチーヌの恩恵を真に並外れて普遍的な精神の持ち主」と讃えたのを見られることを恐れるでもなく、今度は糾弾役を買って出た。

「我は、人民の意志の実行役のリーダーであり、汝らの決意を見守る父であり、汝らの願いを推進するものである。我は命ずる。元市民であり執政官であったオクシドに出会ったり、発見したものは誰であれ、生死を問わずこの男の知らぬ間に、引き立ててくるように。この男は、家族や我々ハイチ人の財産の最も神聖な根幹であり基盤であり礎であるものと社会を破滅させようと試みて成功を収めた。オクシドという名のものが気ままに最良の市民たちを殺したことや、目の飛び出るような値段で外国からスパイたちを招きいれたことや、不正に国庫に手をつけたことを鑑みるならば……我は司令官が提示している賞金とは別に、個人的に彼の首に一千グールドの賞金をかけよう。我と思うものは、『プティ・タン』紙の編集部まで、市の立つ日以外の五時から七時までに連絡してくるように」

この告知が出てから四十八時間後、暑さのために別人のように膨張して、まさに腐敗しかけている状態で、ロバに繋がれた死体がアメリカ人たちの下に届けられた。この死体は顔がすでに蟻に食われてしまっていたが、独裁執政官のものと認められた。身元を特定するためには、死体が身につけていたスターリンからの贈り物である黒テンの毛皮だけで十分だったのだ。

これは少なくとも司令官の意見ではあったが……

しかし……

……数ヵ月後、マルセイユ郊外のマザルグで別荘サムスフィ《これで結構》館の所有者が変わった。この別荘は、眉毛が白くなってバターの木の樹皮のようにひび割れた肌をした一人のニグロに買われたのだった。トゥブラン《真っ白》氏――それが彼の名であったが――カマルグに鴨撃ちにいくとき以外はけっして外出しなかった。彼はちょっとした闇の仕事で儲けた金をたんまり持って、いまは悠々自適の隠居生活をしていると噂されていた。

ポルトー・プランス十二月一日
パームビーチ一九二七年クリスマス

第二部　アメリカ合衆国

コンゴ（バトンルージュ）

リュニベルシテ通りにあるレ公爵夫妻の館で開かれたソワレ。深夜十二時四五分。ルイ十五世の居城であったテュイルリー宮から、バック通りの国会議事堂であるブルボン宮まで自動車がびっしりと停められていた。

前の日の午前中十二時近くに目を覚ました「コンゴ」ことニグロ女ソフィー・テイラーは、彼女が主役をつとめる評判のレヴューである「パリ・コション」の衣装合わせの稽古の後に、ちょっとしたパーティーを催そうと思いついたのだった。彼女は電報を二百通あまり送った。すると、一台のベッドとコロンビア蓄音機と衣装ケースのほかに、自分の家に家具がまったくないことに気づいた。彼女は電話をかけプロデューサーに取り次ぐように頼んだ。古い格子状の板張りの床に、サンダル靴のはじけるような音が鳴り響く。二〇メートルほどの電話線を引き摺りながら、なにも身にまとわずに彼女は部屋の中を歩いていた。彼女の声は人気のない居間を震わせ、四方の板張りの壁にヴァイオリンのように反響していた。この大柄の裸の女はヨード液のような肌色をしていたが、膝と肘と乳房はピンク色をしていた。もともとの人種は軽はずみな混血を経て数世紀前から薄められていたにもかかわらず、頑固なオジロジカのような彼女は、荷運びを日常とした黒人特有のせり上がった額のかたちを保っていた。歩き方にいたっては彼女の祖先たちとなんら変わるところはなかった。首と顔を軸として、体のほかの部分は動かさずに、自由を与えられた腰が交互にまっすぐで硬い足を左右に動かしていた。コンゴはまくしたてるようにしゃべっていた。一階のカーテンのない窓ガラスに体をくっつけ、彼女は強靭な臼歯で言葉を咀嚼し、真っ白な門歯でそれらを引き裂いていた。(次回の契約更新の際、税官吏のレ公爵夫人が毎朝ル・ノートルの作品であるチュイルリー宮の庭園を散歩する権利を自分に残してくれるかは微妙なところだ)……

日中は日暮れまで、ロワイヤル通りとヴァンドーム広場の骨董商たちが、時代物の家具をつぎつぎと運び入れていった。電線が釣りさがっているだけだった天井には、首を動かすことのできないシャワー器具のようなシャンデリアが据えつけられた。コンゴは続々と家具が届けられる様子を眺めていた。漆の衣装箪笥、寄木のマルケトリ工芸で仕立てられた仕事机、ニューオリンズの老婦人の家にあるような薔薇の木で出来た婦人用デスク、クロディオン[*1]やブッシェール[*2]らの手による彫刻作品、カフィエリ[*3]の薪置き台が運び込まれ、窓ガラスはレース製の扇子や陶器類で覆われた。翌日、招待客による持ち去りを免れて壊されずに無事だった商品は、業者が回収に来る予定になっていた。

*1 クロディオン（一七三八～一八一四）〔本名クロード・ミシェル〕フランスの彫刻家。
*2 アルフレッド・ブッシェール（一八五〇～一九三四）、ジャン・ブッシェール（一八七〇～一九三九）それぞれ同時代に活躍したフランスの彫刻家。
*3 ジャック・カフィエリ（一六七八～一七五五）フランスの彫刻家。室内装飾を多く手がけた。

一時十五分。パリ中に電報が届けられたのか、それとも自分が招待されたと思いこんで勝手にやってきたのだろうか、一階の部屋はぎゅうぎゅう詰めになっていた。まるで羊小屋のようなありさまだった。この日パリはもぬけの殻、コンゴ邸の舞踏会、そちらのほうが大事件だった……

おなじみの笑い声が聞こえたかと思うと、目まぐるしい身振り、色彩が入り乱れ、群集は通り道を空けた。ミュージック・ホールから帰ってきたコンゴが、舞台に出るときの化粧で颯爽と登場してきたのである。新聞は「世界で一番写真に撮られた娘」と彼女のことを書きたてていた。アーチ状の歯茎がむき出しになった口からは歯がすべて見え、まばたき一つしない彼女の目はいまにも眼窩からとびださんばかりだった。この黒い旗が掲げられるやいなや、パーティは航海へと乗り出した。下着のように襞が付けられたアコーディオンはしゃべりだし、トロンボーンは、貴族っぽくくぐもった声でサキソフォンが奏でるグリッサンドを追いかける。素面でシャイな育ちのよいこのヨーロッパ人たちの氷原はいたるところで砕けようとしていた。コンゴは一人の客がもつ細い瓶をつかみ、もう片手でもう一人の服の裾をもち、むりやり彼らをカップルに仕立て上げようとした。彼女自身といえば、陰気な太った女と組んでワルツの拍子をとっていた。この女はファションモデルを真似るつもりでこの場にもぐりこんできたのだが、やがて、気づくとコンゴに代わってヤシの木を腕の中に抱いていた。ヤシの木を抱いた女性のまわりで、コンゴはカンガルーのようにうずくまって、両脚を広げ、手を叩いてひとりで踊った。円形脱毛症かと見まごうほど太い一本の線によって左右に分けられた彼女のゴム引きした髪を揺らすことなく、くるくる回った。彼女を取り巻く人びとは驚嘆の声を上げた。オレンジ色の照明が不意に投げかけられた。コンゴは投光器の強い光のショックでよろめいたようなふりをする。彼女は、自分の浅黒い体に降りかかった光の粉を振り払うようなふりをする。その反射的行動一つ一つが予想を裏切り完璧なまでに衝撃的だった。ほんものの詩人の姿を目の当たりにしているかのように。美しき犯罪者のように。あたかも跳ね返ってきたバレーボールかのように。こうしてパリは魅了され、ひと晩のうちに「コンゴは百萬ドルに比すべし」というニューヨークでの評判を追認することになった。ここで彼女はオーケストラのリズムに戻ると、からだ全体を使ってシンコペーションでそれに合わせていった。鈴メッキを施したラメ衣装の下で彼女の肉体、この身体のメロディーは見えなくなり、分離すべきものを結合することをやめた。この女は八六のパーツをもつ骨格標本になっていた。骨一つ一つが音楽を奏でていたのである。頭自体は、もはや目や歯しか見えず、前後に動くのみだった。膝はお互いぶつかり合っていまにも砕けそうだったが、最後の瞬間で交差した腕がそれらを引き剥がしていた。

コンゴは齢十八歳、生まれたときからもう十八年間も踊り続けていたのである。生まれながらのモンスターだった。しかし、彼女が持って生まれた一番のもの、それはダンスでもなく、おどける力でもなく、エキゾチックな魅力でもなく、落ち着いているときは丸々とした顔を瞬間的に幾何学的ないくつかの刺青に分割するしかめ面でもない。それはすぐに伝わってくる生命の跳躍、電気椅子と見まごうばかりの荒々しい放電だった。彼女が登場するやいなや、人びと、光、家具といったあらゆるものが動き出すのだった。幾人かの年老いたパリジャンたちが入ってきて、家の主人を探しながら、丁重に言った。「親愛なる友よ、わたしがエスコートしてもよろしいでしょうか」

「はい、はいイェップ、イェ。みなブラザー、みなシスターよ!」

コンゴは人びとの関係に上下があるとは思っていなかった。召使い、仲間、労働者、王様、熱き血によって結ばれた家族、生者たちという大きな種族においては、これらすべての人たちは兄弟であり姉妹だったのだ。

「ご紹介させてください、すくなくとも……」

「ナオン、紹介はナシよ……、だれもがブラザー、シスターなのだから！」

そこでフランス人たちは驚くのである。あたかも彼らの荷物運搬人たちが、すべての蛮族たち、アフリカすべての兄弟であり、姉妹であることに徐々に気づき始めたあの新米の探検家のごとく。

「彼女はジョゼフィーヌを思わせるところがあるね。といっても、皇帝妃のほうのことだがね*」と老人たちが言った。

＊ ここではアメリカ出身の黒人系ダンサーであるジョゼフィン・ベーカー（一九〇六〜七五）と、マルティニーク島出身の貴族でナポレオン皇帝妃であったジョゼフィーヌ・ド・ボアルネ（一七六三〜一八一四）をかけている。

コンゴは笑った。人生はあまりに早く過ぎ去るので人はそこに塊のようなものしか見分けることができないということを知っていたのである。固有名詞は物事をややこしくすることにしかならないのである。今晩、このレ公爵夫人の洒落たあばら家で、彼女は階級を粉々に挽き、人種を粉砕し、ジェンダーを潰し、年齢差を踏みにじっている。美味しいジュースに変えるため世界はかき回され、発酵させられなければならなかった。コンゴがしていることは、すぐにみなに影響を与えた。疫病のように人びとを捕らえたのである。明日にも、 rは発音されなくなり、 sのシュー音もなくし、 tをdにかえることが流行りになるだろう。正気を失うことからほど遠い人びとにしたって、先祖が苦心して練り上げた統辞法を破壊し、アカデミーによって服を着させられた言葉からズボンを引っ剥がし、常識を超えた形で組み合わせ、背中を合わせるのである。その横では、この若い魔女が白人たちの感傷的で政治的な音楽的メロディーを粉々にし、世界開闢期の羊歯植物の単純さへ回帰することを強いる。彼女はフォックス・トロット、キャメル・ウォークなどモダンな名前の下に古いアフリカのトーテム的ダンスを強いるのである。

ハンド・パーカッションのもたらす深い陶酔のイニシエーションを受け、黒い燕尾服に身を包んだ人びとは、今では鍋や彼らの褪せた壁に掛かったオランダの弱小画家が張ったキャンバスを叩きつける。真実と嘘、善と悪、持つものと持たざるもの、一斉にたちどころに予期もしない怪物じみた果実を生みだし始める。ブールヴァール演劇の常連客たちは悪口を言うのをやめる。「喜びの女コンゴ」とも呼ばれるコンゴの演目は「パリ中の頭を変にさせてやるわ!」というせりふで締めくくられるのだった。パリ中は笑いに包まれ、そのシニカルで疲れた笑いは、元気溌剌とした四肢によって慰められ、石器時代の浮かれ騒ぎによって陽気にさせられ、破壊できない有機的な放射によって元気を取り戻す。神はニグロたちに「喜び」というこの上なく貴重な宝を授けたことをパリの人びとは知らないのであろうか?

コンゴは夜食の席の真ん中で飛び跳ねる。テーブルの花かご飾りの中に足を突っ込んで。ファランドールの行列の先頭に立って、それをサナダムシのように引っ張り出してキッチンへ降りていくと思ったら、見習いコックたちと一緒に登ってきて、皿洗いたちを捕まえて、赤いチョッキを着た年老いた門番をとおりがけに引っ掛け、猫たちを連れ出し、犬をつないで、中庭に乱入するとそこで運転手たちを引きずり込み、五ヶ国語で歌を歌いながらまどろんだリュニヴェルシテ通りへ、警察官たちの方へ突進した。彼女は戻ってクロークを踏み荒らし、むりやり居間を横切った。彼女は浮かれて、寝室の扉を開けて、演壇を流れる川の流れを真似て、人びとを楽しませるおもしろい話をして、足を空中に上げて、ベッドの中で一日を終えようとしていた……とつぜん彼女は止まり、ピンクのリボンを巻いた枕の下に彼女は黒い染みを見つけた。恐ろしさのあまり叫び声を上げて、ベッドから飛び起きると一目散に逃げ出した……

パーティーは続いていた、だがその場にもはやコンゴはいなかった。

三十分後に彼女はふたたび現れた。モンマルトルのふもとの坂のところにあるカレー通りぞいの古びた館で、彼女はキャベツの匂いが漂う薄暗い階段を登っていた。七階まで上ると、彼女はとある一室の扉をノックした。ベージュの山高帽子をかぶり、手にバンジョーを持った一人のニグロが扉を開け、彼女は中に入った。外套もはおらず、背中じゅうに汗を滴らせ、恐怖に付きまとわれていた。彼女の身に起こったことがすべて、瞬く間に彼女の体に染み込んでしまったかのようだった。先ほどは陽気さだったが、今度は恐れがおなじような激しさで吹き出していた。

「ヘロー」、葉巻の煙で黒くなったみすぼらしい住居の入口で彼は挨拶した。

「チクショー……いまいましいヤツが戻ってきた……カミソリでツラを切りつけてやりたいわ」彼女はアメリカのニグロ言葉で言った。

彼女は先ほど見つけた枕の下に隠してあったものを、テーブルの上に投げつけた。それは黒いサテンの布を小さな手の形に奇妙に切り抜いたものだった。触ってみると、粉が詰まった……小さな袋のようで……、中心部に何か硬いものが入っていた。それは……しまった！　口に出して言ってはいけない……そう……ブードゥーだ！　落とし穴のようにぽっかりと大きな口を開けて、あなたが歩いて行く道の上に待ち構える男たちまたは悪魔が仕掛けた呪いの道具の一つだ。

「ちょうどいいタイミングで見つけることができたの。でなきゃ、寝込んでしまってたわ……そうなったら、もう二度と目覚めることはなかったでしょうけれども……覚えているでしょう、前に誰かが扉のところにこれを仕掛けたとき、わたしがその上を歩いたら、脚がぱんぱんに腫れ上がってしまったのよ！」

ニグロ男はというと、帽子を被ったまま金縁のメガネを掛け、赤いランプに近づいて、ハサミでそのモノの縫い目を解いていった。テーブルの上に、聖体パンの粉のようなものと、小さな骨片が落ちてきた。

「おい、そんな風に声を上げてはいかん！」

コンゴは口を覆った。彼女の額は汗が浮かんでいた。彼女は喉元までせり上がってくるアダムの林檎をぐっと呑み下そうと努めた。

「助けて、ボス、助けてください、ねえ先生、お願い！」

彼女の傍で呪術師は検分を続けていた。薄暗がりの中、赤いランプの下にいる二人の黒人は、まさに像を浮かびあがらせつつある現像途中のネガフィルムだ。男はその脂ぎった顔に穏やかさを漂わせたまま言った。

「墓場の塵、それがこの正体さ……」

彼のくぐもったヤンキー独自の鼻声はまったくもって謎だった。彼の鼻はぺしゃんこで唇の高さほどしかなかったからだ。

「脅しじゃないぞ、いいか。身の回りに気をつけるんだぞ。まずは安全を第一に」

「なにをすればいいの？」

「墓場の塵だぞ、よくないな……対処が難しいぞ……」

「くり抜いたわたしの写真を家の天井に頭をさかさまにしてくっつけてあるのを見つけたとき、あなたはお酢とクローブのはいった小さな黒いガラスの薬瓶をくれて、そうしたらすぐに血を吐くのが止まったじゃないの……、覚えてる？　それから、二月にわたしが、悪い夢を見たとき、そう、ネズミの夢だったわ、鏡に覆いを掛けるようにあなたが言ってくれてからすぐに、それも止んだわ。助けて！　もう運命の歯車は回り出してしまった。わたしにはわかるの。誰かがわたしの息の根を止めようとしているのよ！　ロンドンでの活動シーズンは台無しになってしまったわ……もしあなたがわたしを守ってくださらなければ一巻の終わり……どうか魔法を解いてちょうだい！」

「魔法の石を放り込まれて、草一本生えなくなった畑のように命が尽きはじめているのだ……いまのところはなにも手の打ちようがないのさ、月はだんだんと細くなってきている……おまえは頭を西に向けて寝ているのかい？」

「そうよ、モチじゃない」

コンゴが苦しみを訴えるにつれて、このニグロは、びくともしないモンガラカワハギのような分厚い皮にくるまれ悪い運命から守られながら、超然として態度を硬化させているように彼女には見えた。彼女はストッキングをおろして、そこから丸まった紙幣を何枚か取り出して、心付けとして、この男に差し出した。

灰色のスポンジのような頭を掻きながら、呪術師はしばし考え込んだ。沈黙がその場を支配した。彼は立ち上がると引き出しを開けて、銀の匙を取り出し、コンゴの口の中に差し込んで、その中を調べた。

「銀が灰色になった……万事休すだ……なんとかそこから抜け出そうとあがいてみるんだ、せいぜいそれくらいが関の山だな！」

コンゴはタイル張りの床に膝を落として喚いた。

「もう終りなのね……ダメなのね、ひどい、わたしは死ぬんだわ！」

「喚きなさんな！　叫んでみたところでどうにもならんよ」

男は、布のようにぐんなりした彼女を助け起こし、自分の前に坐らせ、両膝で挟んで、瞳の奥をまっすぐと覗き込んだ。彼は裏側がピンク色になった黒い手を彼女の額にかざし、瞼を閉じさせた。

「わしにはもうどうにもできんのだ……別をあたってみよう。来るんだ……」

コンゴは、ほとんど地に足もつけないほどの速さで、悪魔払いの男の後を走って追っていった。彼らは明かりで煌々と照らされたエル・ガロン劇場[*1]のポスターの下を通り抜け、その隣の、白と赤の格子模様のカーテンがかかった窓があるバーの中へ入っていった。そこはパリ中のジャズ関係のニグロが集う場所であり、黒人の博徒たちが、ロンシャンやアスコットやときにはベルモント・パークで行われるレースの馬券を売買する場所になっていた。白人女を売り買いする業者や、コンゴがいうところの「幸せの粉」、つまりコカインの密売人たちがあたりをうろついていた。オーケストラ席の横には賭場が隣接していた。そして、夜ごとの放蕩生活や現代の黒死病ともいうべき奔馬性肺結核によって、ミュージシャンたちが命を落とすと、この場所から葬列が出発したものだった。バーには人がいなかったが、呪術師はハーレム[2]にあるような、地下へとつながる螺旋階段を下った。デュマ父[3]、プーシキン[4]、ブッカー・T・ワシントン[5]、マーカス・ガーヴェイ[6]といった、蠅の糞のせいで余計に黒っぽくなったニグロの有名人たちの肖像画が、赤いトルコ布が垂れ下がった壁に掛けてあった。「上は、はきだめだから、地面を掘って、そこにまっとうな人たちは避難しているってわけなのね」子どものころの教えを思い出しながら、コンゴは考えた。さしあたり、そこにいたまっとうな人びとはみな黒人だった。アイボリー・ブラックの黒人、オリーヴ色のムラート、肌色のくすんだ黒人の血を引いたクオーター（カルトゥロン）、さらにそれとヨーロッパ人の子であるルクイントロン、濃褐色のメスチソ、ニグロの血を引くクレオール、明るい肌色をしたザンボたち。そこに女はたった一人しかいなかった。黒貂の尻尾で作った毛皮のマントを羽織り、四十年もの歳月によって崩れてモーヴ色がかったサルのように頬がたるんだムラートの女だった。

＊1　当時黒人が多く集ったモンマルトルのバー。
＊2　ニューヨークの黒人街。
＊3　アレクサンドル・デュマ父（一八〇二〜七〇）小説『三銃士』『巌窟王』の作者として知られる。フランスの軍人とハイチの黒人奴隷の血を引く家系のムラートである。
＊4　アレクサンドル・プーシキン（一七九九〜一八三七）ロシアの文学者。元黒人奴隷の祖父の血を受け継ぐムラート。
＊5　ブッカー・T・ワシントン（一八五六〜一九一五）アメリカの教育者で作家。タスキー

ギ学校を創立し、黒人の生活水準の向上に寄与した。
＊6　マーカス・ガーヴェイ（一八八七〜一九四〇）ジャマイカ出身の政治家。世界黒人開発協会アフリカ社会連合を結成し、パン・アフリカ運動を推進した。

コンゴはすぐに理解した。ここにいる人びとはほかならぬ自分のことを待っていたことを。彼女が現れると会場は笑いに包まれた。雌牛の角のように長く尖ったのっぽの木を使って、女性器のような裂け目を穿って中身をくりぬいた幹から作った太鼓を叩いて、これら白人になり損なった人たちは、すぐに集合をかけた。人の輪ができ、さざ波のような音が響き渡った。互いに腕を組んで、有色人たちは、足を踏み鳴らす。その拍子に合わせて平土間全体が震える。そのリズムは次第に速くなっていく。間もなく、スモーキングによって赤くところどころ染みのついた黒檀の水車の仕切り板が回転する巨大なルーレットにしか見えなくなり、聞こえてくるのはその唸り声だけだった。コンゴは、中心で軸芯となっていた。太鼓の上をせわしなく動き回る手は荒々しく音をたて、この地下室から二千万人もの同胞たちに対して有無をいわさない呼びかけを発していた。聖ヨハネの前夜祭に執り行われていたのは黒人たちのサバトだったのか？　ヒマシ油のような汗の匂いが漂い、すでに息苦しくなっていた人だかりの中で、ほかのすべてのニグロたちとおなじように、コンゴはもみくちゃにされながら陶然とし、幸せな気分になっていた……

この時、ぞっとするような例のムラート女は部屋の中央にある箱の上に腰掛けた。どうしたのか？　彼女の毛皮の黒貂の尻尾は、鼠の尻尾に変わっているように見えた……突然、彼女の首の周りに収まっていたボアが体を伸ばし鎌首をもたげた……外套が脱げ、赤い紐をぐるぐる巻きにした彼女の体が露わになった。

「ああ、なんてこと！　ブードゥーの女王さまじゃないの！」コンゴは、古い奴隷の物語やプランテーション時代の寓話から抜け出てきたような女を見て言った。

そこに居合わせた人びとは喜んで喚き声をあげ、意を得たりとばかりにこぞって突進した。

「こんどは王様だ！」

この新たな登場人物は赤い仮面をつけたニグロの復活祭に出てくる悪魔のようにまっ赤だった。赤いランタンを上に乗せた馬のたてがみでできたかつらがそびえ立ち、俄然彼を大きく見せた。角張った腰布には四角形の鏡の飾りが付いていた。こうやって、彼は四世紀前にアフリカからアンティーユにやってきたのだった。

淀みのない動作で彼は蛇を箱の中へ戻した。

「偉大なるゾンビ！」コンゴは呻いた。

警察やアメリカの白人の庇護者たちが永遠に追い払ったと思い込んでいたはかり知れない神秘が、最後のブードゥーの女王であるマリー・ラヴォーとともに、フォンテーヌ街の地下室に復活したのだ！

床に墨で引かれた円陣によって、王はその帝国の境界を定めた。
「髪留めをはずせ、服を脱ぐんだ」悪魔払いの男は意味もなく囁くような声で言った。
つぎの瞬間、コンゴはふたたび裸になった。ギニアの祖先から受けついだ裸体はなめらかで、太古の時代の優雅さと高貴さを残していた。彼女はラフィアの腰蓑と歯で出来た首飾りを除き、一糸もまとわぬ者たちに囲まれていた。多くの讃歌によってこの夜もいくつものナイトクラブを教化していた祈りの声は、このとき偽りの善良さを装いながら晦渋で悪意に満ちた不思議な歌を唱いはじめた。

アア・キレイナ・ココドリ
オオキナ・ココドリ・ガ・ヤッテクル
シンデル・ハシラナイ・ゾンビ・ノ・ココドリ！

磁気のように蛇に惹きつけられて箱に張りついた女王はトランス状態に陥っていた。王はといえば、その白と黒の格子模様の体が、その場に居合わせた人々の上を転がっていくさまは、偶然に翻弄される巨大な骰子さながらだった。痙攣する度に分泌される不思議な汁を彼は女王から汲み取り、護符や特効薬を欲しいと懇願する信者たちに、そっと触れながら塗り付けた。一瞬、コンゴは、悪魔払いの男の顔が祈願の釘のようなピンとつまようじで穴だらけになり、天上とこの世をつなぐ橋のように床に向かって体を踏ん張らせているることに気づいた。彼女は猫さながらの慎重さで、ピンと張った糸のようになった王に近づいた。彼女は男の饐えた汗の匂いを吸い込み、指で王の体に触れた……するとたちまち陶然とするような明晰さが彼女に訪れた。彼女は弱ってはいたものの、恢復期に向かいつつあり、心は軽かった。痺れがやってきて、彼女をこわばらせていた激しい恐怖を弛緩させていった。思い切って彼女はその小さな手と骨に触れた。自分の運命を遅らせる猶予を願ってのことだった。突然、彼女の目に映像が飛び込んできた……

……平原の風景、いたるところで河岸からあふれ出た途方もない量の水が覆いかぶさる。ミシシッピ川だった。その風景はオペラグラスを通してみるときのように、次第にはっきりと見えてきた。右手には、堤防や打ち捨てられた桟橋、遠方で城砦がそびえたつ糸杉を植えた小さな岸辺が現れた。嵐の晩だった。ワニたちが物音をたてていたが、コンゴには近づいてくる渡し船のタービンの音しか聞こえなかった。この渡し船はベットに変わり、その上には薄い青色の霧のようなものがかかっていた。突然、彼女はわかった。彼女の祖母だ！　なんと！　ミセス・リジー・デジョワは、このバーにやってくるためにベットに乗って大西洋を渡ってきたということなのか？　彼女はなんと言っているのだろう？　アヤメの根っこのような両腕を振って彼女は呼んだ。彼女は川の方を指し示し、「これは安らぎなのさ！」とつぶやきながらそこへなにかを投げ入れた。それから判決が下される前の宙づりになった沈黙がつづく……

コンゴの両眼をさっと手が触れた。

「出発するのだ」と悪魔払いの男は言った。

「彼女はもっとなにか言っていなかった？　話して！」

「婆さんは言っていた。『コンゴ……あの子はまだやってこないでしょう！　コンゴはどこにいるのかしら？……太平洋を横断するにはゆうに二ヶ月はかかるわね……』また『あの子は美人すぎるね、わたしのかわいい娘は、予想以上にうまく人生を渡っているのだね……あの子はわたしのことなんか忘れてしまっているよ、ハニー……もう戻ってはこないよ！』それから何か言い続けていたが、わたしたちには何を言っているか、もうわからなくなったのさ」

「そんなお涙頂戴のくだらない話は、やめてちょうだい」コンゴは遮った。

「婆さんは、二年前におまえがニューヨークに旅立った時と今をごたまぜにしているのさ」ミスター・テイラーは再び話し始めた。『わたしは間違っていたよ、少なくともペンシルヴァニア駅までついて行くべきだった……ジョーの息子は、ろくでなしになってハーレムから戻ってきた……悪魔の町なのさ。眠る者は誰もおらず、畑を耕す者もいない……ハーレム、それは罪、そう罪以外の何物でもないのさ』

コンゴは啜り泣いた。シェルブールまでは飛行機に乗り、大荒れの大西洋を渡って、特別列車に飛び乗ったものの、到着するのが遅すぎた。彼女の祖母は亡くなっていた。充血して黄色く油っぽい目をした年老いたクレオール女は、ほとんどオブジェのように麻痺して動かなかった。しかし、彼女が唯一あてにしていたのは男の方だった。彼だけが彼女を救うことができるかもしれないからである。

「スポーツ欄に書いてあるみたいに、まさに時に逆らうってことなのね！」

コンゴの喩え話に気を良くしたミスター・テイラーは煙草の噛み汁を吐き出し、ベランダの天井から二本の鎖で吊るされていた肘掛け椅子に坐り、足を手でつかみながら体を揺らした。四月の朝の日差しが、水浸しになった平原の上に降り注いでいた。二匹の赤毛の猫がギンバイカの茂みの周りにあるタイヤの中に入って遊んでいた。コンゴは、旅の装いで、あたかも船から降りたばかりかのように蘭の花を首の周りに巻き、英国紳士やユダヤ人の銀行家やヨーロッパの資産家の王子さまたちからもらった、あふれんばかりのプレゼントを手に抱えて、そこに佇んでいた。彼女は黙っていた。彼女が嫌っていた父親は埋葬のことしか考えていなかった。オハイオ州のナポーレアンの自動車修理工場で働いていたろくでなしの兄は、そのために早く帰ろうとは爪の先ほども思っていなかったようだ。

『礼儀知らずめ！』

「葬儀屋での晩餐が閑散としているなんてことにならなければいいんだが！　肉屋をや

っていたメンフィスのセプテンバー伯父さんだったら、きっと豚のカシラ肉で作ったペーストを持ってきてくれるんだろうが、去年の冬にお陀仏だ。ルイジアナのポワンタラハッシュに住んでいるデジョワ家の叔母さんたちは明日の晩に来ると言っていたけど、ちゃんと喪服を着てくるだろうか？　とはいえ、新聞の日曜版の付録に三〇センチはあろうかというほどの二重写しになった写真が掲載されたこの輝かしい娘は、ミスター・テイラーに大きな成功をもたらしてくれるものと思われた。彼もメンバーとなっている山猫協会は冠を送ってきた……蓋を開けてみると、通夜は立派なものになった。泣き女たちは一晩中離れず、中には本物の涙を流すのもいて、苦しみの嘆き声が村をそれとわかるようにくっきり浮かび上がらせていた。

コンゴは、死が鼻先で扉をぴしゃりと閉じてしまったことに激怒して地団駄を踏んだ。

「おばあちゃんは、なにかほかに言っていなかった……？　わたしになにか伝言を残さなかった？」

「ないね！……彼女は水のことしか話していなかった。彼女は朦朧としながら、水の中になにかを投げ込むような動作をしていた……」

彼女は今後、教会でしか祖母に会うことはできないだろう。亡骸はエンバーマーのところにあった。今残っている祖母のものといえば、この洗濯釜の上に置いてある古いパイプくらいしかなかった。歯のない歯茎でよくしゃぶっていたっけ。

コンゴは、洗礼派の礼拝堂の中で、ほかの女たちと一緒に前列の左側にいた。彼女は咳き込みながら泣いていたので、笑っているようにも見えなくもなかった。棺が開くと、眼下に祖母があらわれた瞬間、ソフィーはほろりとした気分になった。灰の中でじゃがいもを焼いたり、動物と話したり、様々な活動に及ぼす月の影響などについて教えてくれたのはほかならぬ祖母だったからだ。アンティーユ諸島出身のデジョワ夫人には、わずかばかりだがフランス人の血が流れており、それはミシシッピ・デルタ地方の貧しい黒人たちにとって、かつてナチェスと張り合った町であるバトン゠ルージュの文明と洒落た振る舞いを象徴していた。今となっては祖母は探検家の物語に出てくるマレーのネグリト族並みに小さくなってしまったので、今後はその名残を見つけることはほとんどできなかった。エンバーマーが皮膚を剥ぎ取って、血の代わりに防腐剤を注入していたので、哀れな老婆はひからびきっていてほとんど白人女のようになっていた。その上に彼女は薄青のドレスを着せられていた。彼女は初めて靴を履いていた。生前、自分では手に持つことしかなかったのに。午後三時の日差しが、波型にうねった舗装道路にのしかかり、樅でできた壁をくりぬいて作ったオジーヴ窓を通り抜ける。菱形の彩色ガラスを通った光は、一張羅を羽織った会衆たちの上や、開いた棺の上に、ピンクやオレンジや紫色のコンビネーションを楽しげに織りなしていた。ひだ取りによってふっくらとした模様のついた柩の蓋は、一瞬のあいだ吊りあげられた白いサテン地の舗石のようだ。祭壇の前には巨大な聖書。ニグロの牧師は、吊り香炉のように演壇の上をいったりきたりしていた。彼はぴかぴかの聖書を開いた。コンゴは照明のついていない架台に目をやったが、こんな情景は彼女にはそぐわなかった……右手には、魔術師たちよりも位の高い信徒代表たち、左手には神の世話をするシスターたちが居並んでいた。

フロックコートを着た牧師は根元からぺしゃんこになった鼻の上にメガネをかけ、沈痛さを漂わせながら、旧約聖書エゼキエル書三十七章から引いてきた説教をしようとしていることを告げた。会衆に身震いが突き抜けた。これはまた大きな賭けに出たものだ。開いた彼の口は、黒ビールの泡のような色をした顔に比して、スイカの中身のようにピンク色をしていた。いくつかのフレーズをほとんど聞き取れないくらいの単調さで物静かに発した後、声のトーンを上げて祈禱を朗誦した。

牧師の声のほとばしり出るリズムに合わせて、信徒たちは木霊のように忠実に随唱した。彼は問いを投げかけながら会衆に呼びかけた。その言葉は爆弾のように炸裂した。

「この女は立派だった、だが、神の子たちよ、彼女は神のことをちゃんと考えていただろうか？　ワタシハキキタイ！　あなた方もちゃんと神のことを考えているか？」

悲嘆に暮れた会衆たちは、寸分たがわず調子を合わせて、大声を張り上げて罪の告白をした。

「いいえ！　いいえ！　わたしたちは主のことをじゅうぶんには考えていません！」

口調はぎくしゃくとしながらも劇的な様子を帯びてきた。エゼキエル書三十七章の「干からびた骨の谷」の講話は数えきれないほど聞いていたが、＊話を聞くたびにどんどん素晴らしいものになっていた……嵐のような感情のうねりが巻き起こった。しゃがれた声で牧師は足を踏み鳴らしながら、二台の列車を描写した。片方は神の急行列車で、もう片方は悪魔の乗る快速列車であり、どちらが早く老婆リジー・デジョワの枕もとに一番にたどり着くか、スピードを競い合っていた。登壇者はよそよそしい喋り方から少しづつ、まさにジャズさながらのリズムに乗って、朗々と、そして不思議なくらい厳かな呼びかけへと変えていった。

＊　エゼキエル書の該当部分は、神が谷間を埋め尽くす干からびた人骨に、生命を吹き込み、筋肉や皮膚を与えることによって、死者を甦らせる秘蹟の場面が描かれている。

「か〜み〜は〜い〜つも、た〜だしきひ〜とびとを、た〜すけようと、いそ〜いで、とんでくる〜、と〜くべつ、きゅう〜こうれっ〜しゃを、お〜もちだ、わ〜かりマスか？」

最初は押し殺した叫び、そして抑揚のついた呻吟で呼びかけに答えていたが、間もなく喚き声くらいまで声が高くなる。

「ああ！　その通りです！　牧師さま！　ああ！　わかります！　ああ！　おお！」

しかし、まだその時点でわきあがったのは合いの手のような呻きにすぎなかった……。話は二台の列車が預言者エゼキエルが描き出す谷に差し掛かろうとするところだった……常軌を逸した目つきになった牧師は椅子の上に飛び移った。こうして鉄橋の上に立って、地獄の深さを知らせようとしたのである。時季外れの暑さにもかかわらず、彼はこの日、(彼らの敬意を表したコンゴへの讃辞にいたるまで)技量をいかんなく発揮していた。彼は喉を壊さんばかりに喚き声をあげていたので、すでに声は嗄れていた。彼は空想の鉄道の上に、神の側の技師と悪魔の駅長を召喚した。地獄への道行きを踊りで表現した。彼と主を分隔てる駅を焼き討ちし、荒々しく機関車の警笛を真似た。その信仰の激しさはタムタムやサーカスやカタコンブを連想させた。息づかいの粗くなった会衆は、感極まって体を捩らせ、喜びと恐れの入り混じった金切り声を上げていた。この黒人の群衆たちの上に押し寄せるうねりの激しさにもかかわらず、その采配の巧みさゆえにシスターたちより先に動こうとする者はいなかった。複式蒸気機関車がリジー・デジョワの魂を運び去り、神の勝利が確定したとき、会衆の感情は最高潮に達した。一人のシスターを皮切りに、また一人と気がつけば六人もの女たちが、白目を剥き、口から泡を吹いて次々と失神していった。彼女たちが挙げる叫び声はまんじりともしないその場の空気を引き裂き、いちばん遠く離れたプランテーションで飼われている雌ラバたちを恐怖に陥れた。

「シニガミ　ノ　クロイ　レッシャ　ガ　ヤッテキタ！　ほ〜ら、て〜ん〜ごくだ！」

彼女たちは床を転げまわり、白い長衣の祭服はボロボロに破れ、頭に巻いていた布や金縁メガネはどこかに行ってしまった……彼女たちは「リジー！　リジー！　帰ってきて！」と叫びながら棺を叩いた。

牧師は大きく腕を広げた。すると会衆は、歯ぎしりをしながらトランス状態に陥っていた女たちから目を離し、すぐに彼に目を向けたため、突風のような出来事は魔法のように過ぎ去った。死者当人以外の全員に憑いていた宇宙規模の壮大な絶望は収まった。解放の歌、ハレルヤの歌声がどこからともなく沸き上がる。おおいに安らいだ様子で、一斉に天上へむけてあまりにも純粋におのずと沸き上がってきたので、鎖を解かれた囚人たちが歌っているのではと疑わせるほどだった。全身全霊をこめてコンゴは、浅黒い体の下に真っ白な魂をもつ黒人同胞たちの情熱的な献身を分かちあった。地獄に隣りあって生きてきた後、この世が始まってこのかた一回も目にすることのなかった救いの神をはじめて見つけたこの未開人たちの熱狂を分かちあった。彼女は、ブロードウェイやそのネオンサイン、パリのグラン・ブールヴァール、ベルリンのブランデンブルグ門、ショーの華麗なフィナーレを飾るダチョウの羽毛の衣装、三つの羽飾りがついた帽子などすべてを忘れていた。いま彼女は、搾取され、売り払われ、ぶちのめされ、虐待の限りを尽くされ、自分の運命にはなんのよすがもなく、幸せは現世の彼方にしか望みえないハムの末裔の娘になっていたのだ。

重く垂れ下がった唇の端に先のほっそりした指を当てながら、シートに深々と腰掛けたコンゴは、かつて前線の背後を通っていたフランドル地方の道路を思わせる道を運転していた。右手には二〇フィートほど離れたところに、屋根のように傾斜をつけた盛土がしてあり、編んだ柳の枝を詰め込み、コンクリートで固めた袋で補強されていた。堡塁だった。歩哨たちがその頂の上を歩き回り、地平線を伺っていた……誰を見張っていたのか？　誰と戦っていたのか？　ミシシッピ川以外に考えられようか。この川たちの父ともいうべき平原の上を流れる両側を堤防で被われた怒り狂った大河は、アメリカ南部の州の星々の下では、寝床を飛び出して眠ることを好む放蕩者だった。デルタ地方の娘にとっては春の風物詩、見慣れた風景だった。陽光と日陰がルイジアナ州の沼沢地の入江《バイユー》に沿って伸びる路を覆い隠していた。コンゴは。雌ラバに繋がれた二輪馬車とすれ違った。馬車は古びた木箱でできており、ぬくんだ雪のような真っ白な綿花を満載していた。サスペンダー付きの前掛けを身につけ、でこぼこのフェルト帽をかぶったニグロたちが、ななめに坐りながら綱を腰の方へ手繰り寄せていた。彼らの足がコンゴの車に触れた。彼女はナチェズに思いを馳せた。そこではオレンジの花が咲き始めていた。彼女は、葉巻をくゆらしながらニグロたちを手錠で締めつけ、椰子の繊維で作った帽子をかぶった前世紀の小説に出てくる奴隷商人たちのことを考えていたのである。彼女は人並み外れた美貌ゆえに主人たちの劣情の犠牲になる運命にあった不幸な奴隷女たちのことを思い浮かべた。こうしたいまは亡き世界を夢想していた……

コンゴは自動車を降り、サトウキビ畑の中へ入っていった。果てることのない肥沃な土壌に育まれ、サトウキビは天に向かってそそり立っていた。葬式が終わると、彼女の家族は三々五々に帰って行き、彼女はたったひとりで自分の未来に向き合う羽目になった。不幸は偶然頭上に降りかかってくる事故ではなかった。いいや、それはたえずゆっくりと付きまとってくるもので……人はそれを求めて……もの欲しそうに横目で「チラ見」している。彼女が崇拝していためぐり合わせという名の偶像は、今日、彼女にとって最悪の敵になっていた。世界を股にかける小粋な女であった彼女は、まるで奴隷小屋に閉じ込められた祖先たちのように、宿命にがんじがらめになっていることに疲れ果てていた。運命が自分を待ち構えているという考えを憤懣やる方ない思いで受け入れるほかなかった。彼女の輝かしい過去はなんら彼女を安心させてくれるものではなかった。その瞬間その瞬間だけを見据え続けているうちに、彼女はなにもかも忘れてしまった。ヨーロッパも。愚鈍なカモである観客たちも。動転して死んだ小鳥のように大型客船の甲板の上でしゃがみこむ興行主たちからの無線電報も。莫大な違約金を払わなければならないことも。彼女はこれまでいちばん好きだった取り巻きたちのことさえも考えることがなくなった。三幕でシンバルの音が三回鳴らされると、輝かんばかりのギロチンさながらカーテンの合間から首だけを出して登場するという眩いばかりのお得意芸も、かつてあれほど彼女の心を捉えていたにもかかわらず、どうでもよくなっていた。

「おばあちゃんは目を見開いて死んでいたわ……誰かほかの人間が死ぬという徴ね」彼女は泣いた。しかしながら、彼女に死をもたらす徴の数は多すぎて、彼女はそういった考えに慣れてしまい、キニーネのように苦々しいもののようには思えなくなってしまっていた。彼女は祖母があの世にいるということがよくわかっていた。そこでは死者たちはあべこべ世界に暮らしているらしいと。そこでは、月が東へ沈み、船は竜骨部分を宙に向け、階段はてっぺんから下へと降りていくために使い、黒を白といい、白を黒といい、昼間に寝て、夜働くという。「そうしたらわたしは夜に寝て、昼間に踊るっていうわけね」。こうした考えは彼女にとってまんざらでもなかった。壇上の牧師も、金持ちたちは貧乏になり、貧乏人は金持ちになるだろうという時、死者の言葉をしゃべっていることになるだろう。あの世では、ダンスさえさせてくれたなら、貧乏だろうと彼女にはどうでもよかった……

突然コンゴは飛び上がった。つけまわされていると思ったのだ。待ち構えている運命に対する投げやりな気持ちは一瞬で霧散した。一匹の狼、それから十字架を見たように思えた。見紛うことのない情容赦のない徴だった……埋葬の日のために幌のついた瀟洒な四輪馬車をチャーターするのにいくらかかるか見積もりも済ませていたはずではなかったか？

とはいえそれも自分にどれだけ余命が残されているか数えることでもあったのかもしれない……恐ろしくなって彼女は叫び声をあげながら駆け出し、土手をよじ登り、河の見える所まで行った。彼女の方へ向かって、礼服を着て洗礼式から戻ってきたニグロたちが近づいてきた。彼らの連れの洗礼を受けた者たちは白い服に身を包んでおり、増水した河の黄色い泥に身を浸したばかりであったため、まだ濡れていた。ニグロ女たちが、日除けのためにその絹の生地がひび割れ古びた日傘をさして行列している様子は滑稽だった。その後ろからは野生の馬が嘶きながらついてきていた……コンゴはおもわず吹き出した。少女たちが、顔から目玉が飛び出してしまうのではないかと思うくらいまじまじと彼女を見つめた。彼女たちは、コンゴのポートレートを見たことがあったのだ。彼女を真似て、両耳のところに巻き毛を閉じカッコのように引っ掛けていた。彼女たちも髪の毛を直毛にして金歯をつけ、靴下を履いてパリに踊りに行くことを夢見ていた（もちろん、ニグロの友である方のパリにである。テキサス州のパリではなく）。

コンゴが土手を降りていくと、サトウキビよりも高く伸びたトウモロコシが、すっぽりと彼女に覆いかぶさってきた。アンバサダーで聴いた『ジャヴァ・ブルー』の一節が頭に浮かんできた……それから、ロビネと一緒に『ジェルメールをモノにするために』を歌っていたのは誰だっけ？　大きな葉をつけたバナナの木々は、舗道に貼ってあったポスターを思い出させた。「ここでしか見られないとっておきのショー……絶賛予約受付中……」

不吉な糸杉の背後にある雷雲の陰に太陽が隠れた。
コンゴは立ち止まった。足元には小さな白い砂州が広がり、打ち捨てられた小舟と立札があった。四〇フィートも離れたところから、どうやって彼女は次のように書いてある言葉を読むことができたのであろう。

「フェリーを呼ぶためには鐘を鳴らすこと」

突然、彼女は恐ろしく奇妙な感覚に囚われた。未来が現在にくっついてしまおうとしているようだった……この風景……この風景……それはフォンテーヌ街のブードゥーの夜だ。彼女は自分の夢の現場に到着していた。左手には、糸杉やマグノリア……そして物音が……

彼女は目を上げた。激流が渦巻く河をなんとか斜めにかき分けて進みながら、古いフェリーボートがやってきた……。水かき板の音が彼女のところまで届いてきた……ついに解放の刻が近づいてきた！
自動車が積み込まれると、操舵手は言った。「マダム、あなたにとっても、車にとってもこのチャンスを逃してはいけません。このシーズン最後の船ですよ……河の水が木々を押し流しています。メンフィスではすでに増水注意報が出ています。明日はバトン＝ルージュまで達するでしょう」

「バトン＝ルージュってどこかしら?」コンゴは尋ねた。

「どこって? あそこですよ。見えますか? 地平線のところ、そこが州庁ですよ。太陽のせいで、夜毎に真っ赤に燃え上がるのですよ。まるで、市民戦争だけでは足りなかったとでもいうくらいにね!」

コンゴが河を眺めているうちに、繋留ロープが外され船のエンジンがかけられた。あっという間の出来事だった。フェリーは百メートル下流へ移動した。河の水は表面には、あぶくも気泡も上がる事なく、得体の知れない力を深みに残したまま、陰鬱な滑らかさを保っているように見えた。操舵手の青い影がピンク色の背景にくっきりと浮き上がった。船はギクシャクと進んでいった。半ばまで差し掛かった。ここだ……ついにその刻がやってきたのだ。コンゴは黒いサテンの布でできた例の手の形をした袋をセーターの中から引っ張り出した。そのせいでしばらく前から指がムズムズしていたのだ。ひらべったく不吉な小さな手は危険な転機を指ししめすサインのようにこわばっていた……コンゴは自動車の中に立ち上がり、腕でバランスをとりながら水面に狙いを定めた……

「右舷に漂流物!」

恐ろしい衝撃が襲ってきた。汽船がひっくり返る音。フェリーに穴があき、側面が凹んだ。いいや、フェリーは負けてはいなかったが、傾いてきていた。傾きがひどいので、船倉から自動車の車輪は外れ、傾斜の側に引っ張られ、うしろのところに留めていた鎖が断ち切れた。コンゴは叫び声をあげた。一瞬、喪服を着て立っている彼女の姿が見えた……

途方もなく吹き出す水柱の中心で、「ウォータースライダー」のコースがフィナーレに達しようと泡だつ場所で、このこわばった手が、魔法の宮殿の中に入っていくかのごとく、水の中に吸い込まれていった。

チャールストン

「恋人がよいのは夜の間だよ。
夜の間はね……
けれども、お日さまが昇ったら……
（ボンドゥクのジョーラ人の歌）

ニースから車で戻ってきたところだった。夜中の二時。ぼくは、海岸線の珍しくまっすぐ伸びた道を利用してスピードを出していた。アンチーブに向かってね。ジュアン・レ・パンにちょうど差し掛かろうとしたところ、ぼくの車のヘッドライトが灯台よろしくアスファルトの路面を横切る塊をじっと照らし出したんだ。四輪ブレーキをかけ、シートから飛び出すと、足下にほとんど生気をうしなった一人の女がいた。顔は血で汚れ、絹のドレスはびりびりに引き裂かれ、裂傷を負った背中が露わになっていた。彼女の息はまだあった。ぼくの方を見るともなしに、彼女はまだ恐怖に囚われた目を見開いた。それから、震えながら言った。

「Take me away anywhere from here or they'll kill me ワタシヲ、ツレテイッテ、ドコカベツノバショへ、ソウジャナイト、アイツラニ、コロサレテシマウ」

取り乱した様子で、ぼくが理解できるかどうかなどお構いないしに、彼女は英語で叫んだんだ。フランス語で言えば「Emmenez-moi, sinon, ils me tueront 連れて行ってください、さもなくば彼らがわたしを殺すでしょう」とね。

ぼくが彼女を助け起こそうとすると、彼女は自分から立ち上がった。ふらつきながらもなんとか車の方まで歩いてきた。

「怪我をしているのですか？」

「いいえ、あちこちに打ち傷はあるけれど。あちこちにね」

「でも、血が出ているではないですか？」

「そんなことより。今はどこか遠くへ！　わたしを匿って」

ぼくは彼女を後部座席に寝かせると、車を出発させた。はずみで彼女はフロア・カーペットの上に崩れ落ちた。彼女は影に隠れて見えなくなった。五十メートルほど進んだところで、急に車線変更し、再びブレーキを踏んだ。今度は、すんでのところで一人の男を轢くところだった。

「とにかく、止まらないで……説明するわ……やつらがこの人を殺したのよ……」

しかしながら、ぼくは車を降りた。先ほどから夜の大気はうだるような暑さになっていた。セミが鳴き、星々は輝いていた。ヘッドライトの光の束の中を飛び交う蝿以外動いているものはなにもなかった。ぼくは近づいてみた。それは、両足を側溝に突っ込み、頭を道路の縁において、赤いスモーキングを着たニグロだった。血のべったりついたシャツは銃弾で穴だらけになっていた。まだ生暖かく、しんなりしたこの男は、ナイトクラブのぬいぐるみのようだった。ぼくはあまりにも乱暴に悲劇の中に投げ込まれたので、ひと時たりとて神経と心がバラバラになることはなかった。刻は調和に満ち、この犯罪がなにかしら牧歌的なものでもあるかのようにぼくは淡々と考えていた。

車の中で立ち上がって彼女は待っていた。彼女は出発するようにふたたびぼくに促した。そして、草むらの中の真っ赤なものの方を指差しながら、「あいつが悪いの。わたしを犯そうとしたのよ」と、彼女は言った。

三十分後、ぼくたちは家に着いた。手助けを待つ間もなく、連れの女はびっくりするほど優雅に車から飛び降りた。

「お風呂を借りしても良いかしら?……いいえ、電灯はつけないで。そんなふうにわたしを見てはいけないわ」

ぼくは彼女を二階へ連れて行ったが、この手のコケットリーにさらに驚かされてしまう羽目になった。あまりにも長く浴室にいたので、様子を見に行くべきか迷い始めたそのとき、ようやく彼女は降りてきたが、まさかぼくのバスローブを着ているとは。修道院長のような峻厳な顔つきをした修道女のようだった。目尻の皺に引っ張られたような切れ長の青い目と灰色の髪。かつての美しさの片鱗が残っていた。

「来た時と同じように行ってしまったわ」彼女は笑いもせずに言った。

彼女はグラスに自分で飲み物を注ぎながら言った。

「カジノからの帰り道だった……勝って儲けたわ……バーが閉まると、一人のニグロが、オーケストラのメンバーのニグロの一人が尾行してきたの……彼は強盗目的で、わたしに襲いかかってきたわ……」

「最初あなたは『犯された』と言っていましたが」

「ええ、わたしを犯すためでもあったわ……アメリカ人たちが通りかかって、わたしのことを守ろうと、あいつを殺したの」

彼女の話にはまったく信憑性が無かった。ぼくは言った。

「あなたがわたしにかけた最初の言葉は助けを求めるものでした。ということは、あなたは命を脅かされているのではないのですか?」

「ええ……、ほかのニグロたちに」

「なぜ、アメリカ人たち、あなたを助けた人びとは、あなたを路上に置き去りにしたのですか?」

「あの人たちがあいつを押さえつけている間に、わたし逃げ出したの……」

「なぜあなたはこんな風に逃げ出したんですか? 誰があなたを車で轢いたのですか?」

この問いかけに、彼女はうなだれて黙りこくった。

「警察署へ行った方がよいと思いますよ」と、ぼくは我慢できなくなって言った。

「お願いですから！　それだけはやめて！　恐ろしいスキャンダルになるわ！　あなたは紳士です。わたしを匿うべきなのです。なにも恐れることはありません。わたしは犯罪者ではありませんから」

彼女はふたたび落ち着きを取り戻した。

「ところで、どうやって外に出たらよいのかしら？　わたしにはもう着るドレスはないわ……」

そして唐突に「あなたはフランス人？　ありがたいわ！　わたしの名前は、アガサ・モンクレア、サウス・カロライナ州のチャールストン出身なの」

ひと風呂浴びて、精神的な安定を取り戻すという彼女のアングロ・サクソン的な調子よさがぼくの癇に障った。ぼくは立ち上がると言った。

「あなたの名前は聞いていませんよ、マダム。しかし、乱暴な目に遭って、今あなたはわたしの家にいる。わたしには知る権利があります」

この言葉を聞いて、まるでチョークの線を前にした雌鶏さながらに、彼女は固まってしまった。

「ジゴク　ノ　ヨウダッタワ！　地獄だった」彼女はつぶやいた。

コニャックは瓶に貼ったラベルの下のところまで減っていた。客の女はテーブルの端に坐り、夢遊病者が前に進むように話し始めた。

「もしあなたがアメリカ人だったら、わたしは話すより死んでしまった方がマシだと思ったでしょう……わたしはフランスにいてよかったのではないかしら？　自分の国ではないところが？　この熱い夜、蝉たち、ヨーロッパの古びた小さな家々の中にはヤンキーたちしかいない……わたしにはもうわからない……自分の家が南部の州に運ばれてきてしまったみたい……わたしは子供時代をふたたび見つけたのよ……チャールストン」

「あなたのチャールストンか！　見なくても大体想像できますよ。しっかりトロピカルなカーニバルに、ダンスホール、どこもかしこも曲がりくねった街、ガラガラを手に持って、内股になるあの踊り。違いますか？」

「……わたしはその街の、白く塗られた木でできたオリーヴ色のよろい戸のついたギリシア神殿風の家で生まれたわ。ノース・カロライナ州で古くから続く家系なの。父は『サウス・カロライナ・ヘラルド』紙の編集長だった……」

「つづけてください。そもそも、なにを怖がっているのですか？」

「わたしが怖がっているのは……子どもの頃の思い出なの。うだるように暑くて、夜空には星が散らばっている今夜のような晩、わたしは新聞社の編集室にいたの。選挙結果の発表を見るために連れてこられたのね。一八八八年の選挙は、アメリカの南部では、わたしたちが支持する民主党と、南北戦争が終わってニグロたちのためにわたしたちの財産や権力や威光を奪っていった共和党との大きな政治的闘争に関するエピソードのひとつとして、今でも語り継がれているわ。[*1] でも、その晩のわたしは、それを理解するにはまだ幼なすぎた……父は新聞の編集室の前に大きな幕を張って、電報で結果が届くと、どんどんそこに結果を書き出して行ったの。何年も経った今でも、尖塔の周りだけじゃなく、ジョン・カルフーン[*2]の銅像の周りにまでぶどうの房のようにシタデル・スクエアー教会いっぱいに群がったニグロたちの姿が昨日のことのように目に浮かんでくる。蒸し暑い三月の晩、横にいる母の方へ頭を凭れさせながら、木のバルコニーに開いた小窓から見えたのは、腐った死体に群がる蝿のように政治に扇動された沢山の縮れ頭だったわ。わたしはといえば、この幻灯のような光景を眺めることにすっかり夢中になっていたの。届いた最初の結果はみんなを安心させるものだった。しかし、すぐに相手側が勝ちはじめたみたいだったの。というのも、集まっていた人たちはバナナを食べたり、キャンディーをなめたり、冗談を言い合うことをピタリと止めたの。叫び声が上がり、人が波のように揺れ動いたの。教会の黄色い石の色を後ろにして、ニグロたちが、まるでパン生地か、あなたの国のすばらしいチョコレート・スフレみたいに、むくむくと立ち上がるのが見えたわ。ニグロたちはひとり残らずそこにいたわ。青い木綿の作業着を着た日雇農夫たち、白いワックス塗りの生地のサンバイザーを三日月型に額につけた労働者たち、目立つように新しい帽子の上に値札をつけたままにしながらオレンジ色の靴を履いた洒落者たち。縁から長いヴェールを垂らした赤いワラで出来たカプリーヌ帽をかぶり、頬がパンパンになったニグロ女がバルコニーの下のところまで来て、尻を出してわたしたちを罵ったの。瓶が何本も飛んで来て、ガラスが割れると、それが暴動のファンファーレかなにかのようになって、人びとはおかしくなり始めたわ。乗り合い馬車から馬は外され、ジム・クロウ法[*3]が定める後部座席の有色人種用コンパートメントから、暴動の参加者が次から次に溢れ出てくる。父さんはわたしたちに中に入るように言ったの。よろい戸はぴったり閉められた。木製の仕切り壁は固くはなかったので下層民たちが後ろから押してきているのがわかったわ。ピストルを撃つ音とうめき声。新聞を燃やしてつけた祝いのかがり火が広場中を照らし出す。わたしは、お年玉にもらった本に出ていた白人の遭難者を煮て食べてしまう黒人の王様の話を思い出していたわ。編集者たちが走り寄ってきて「編集長、黒んぼたちが、わたしたちをリンチしようだなんて言っていますよ！」その時、わたしたちは裏口から外に抜け出した。そちら側にはそれほど人はいなかったけど、あちこちのバーではおぞましい奴らが大宴会を繰り広げていた。ひそひそと不満をつぶやく内緒話が理髪師のところで行われていたけど、そこでは死人のように顎の下に白いナフキンつけて横になっている黒人の男たちがいたことを覚えているわ。みんな政治の話をしていたわ。彼らが言うのが聞こえてきたわ。『この国はおれたちのものだ！　おれたちが作ったのだ！　おれたちがいなかったら、南部は立ち行かなくなるだろうよ』。とつぜん、通りの片隅でひとりの長身のニグロがわたしたちに気がついて、わたしを捕まえたの。この男に邪な心があるなんて思わなかった。でも、酔っ払っていて、自分の情熱、それを身ぶりとともに表したいという熱烈な欲求に駆られて、サーカスで黒人の道化がするように手と足を振り回した。この男は、巨大な腕でわたしを締め付け、豹のような歯をむき出しにして、走ってわたしを連れ去ったわ。わたしはとても恐ろしくなったの。母から、ニグロは生贄にするための子どもを探していると聞いていたから。柱に縛り付け、首の血管から血を吸うんですって。でも、わたしは自分を誘拐したこの男に惹かれてもいたの。わたしはジタバタしなかった。わたしは茫然自失になって、頭が真っ白になっていたのね……でも、すでに上流家庭で下女をしていたニグロ女が、舗道の上でヒステリーの発作を起こしていて、人びとの注意はわたしたちから逸れてしまったの。人びとは彼女を取り巻いて、助けを探しにいったの。それでわたしたちは逃げ出すことができて……」

＊1　一八八八年のアメリカ合衆国大統領選挙。現職の民主党のグローバー・クリーヴランドと共和党のベンジャミン・ハリソンが対決した。一般投票の獲得票はクリーヴランドが多かったが、選挙人投票ではハリソンが凌駕し、第23代大統領となった。なお現在とは違い、当時大多数のアメリカ黒人が支持していた政党は一八六二年に奴隷解放を宣言したリンカーンが所属していた共和党だった。

＊2　ジョン・C・カルフーン（一七八二～一八五〇）。一八二五～三二年までの合衆国副大統領。南部の奴隷制擁護者として知られる。

＊3　ジム・クロウ法。奴隷解放宣言後にアメリカ南部の州で施行された白人と黒人を人種隔離するための法律の総称。

「あなたのお父様は殺されたのですか？」

「いいえ、共和党の勝利を知ったとき、機転を利かせて父は最後のところを空欄にしたの。「電報中断。続きは明日に。御機嫌よう」。建物正面の照明は消え、群衆は少しずつ姿を消した。次の日になって彼らは騒擾とアルコールで疲れ果て、選挙の結果を知り、騒ぎたてることなく受け入れてた。でもわたしはけっしてこの晩のことを忘れない。あまりのショックで、数ヶ月後にはニグロ嫌いになったわ。それに見かねた両親は、医者の勧めに従って、わたしを遠く離れたカナダの寄宿学校に送り出す羽目になったのよ。で、わたしが育ったのは、モントリオール。そこで結婚し、二十年以上も過ごした……この時期のことはあなたには面白くはなさそうね。わたしはどこにでもいるような女だったわ。いろんなところにお呼ばれしたり、ディナーに招待したり。夫は木材の商売で稼いでた。新聞の付録の社交欄には、わたしの顔写真が原寸大で載っていたわ。もう黒人に会う機会はなかったので、子どもの頃の恐怖が戻ってくることはこれっきりなかった。その上、両親は亡くなってしまっていたので、わたしと南部を結びつけるものはなにも無くなっていたの…

…こういった状態が続いたのは一九一七年の戦争まで。わたしの夫は、舎営長に任命され、ウッドハウスを建てるためにフランスに行ったの。カナダは田舎だもの、女は老け込む一方よ。わたしは淡々と暮らしていた。なんの不安も、嫉妬も羨望もなく。そういったものだけが若さを保つ秘訣だったのにね。わたしの青春の最後は退屈の中で過ぎていった。大昔の時代のお百姓さんや、その司祭さんみたいな人になにを言っても無駄でしょう？　でもあんまりにも暇を持て余して、田舎の家の居間にラジオをつけてもらったの。今でもよく覚えているわ。ある冬の晩、お茶の後、雪は窓の上まで降り積もっていて……ラジオ屋の社長だった村の薬剤師が自ら据付けにやってきたの。でもシューシュー、キーキーと機械の雑音しか聞こえなくて。能天気なこの人が、わたしを安心させるために言ったのは「天気が荒れているからですよ。なあに、うまくいきますよ。これ以上の優れモノはないんですから」という言い訳。彼がボタンを回すと、うまくチューニングが合って、へんてこなエボナイトのラッパ型のスピーカーの奥から、凍てついたわたしの孤独を溶かすように、「ゴーダウン、モーゼズ！」と、深く優しい声で歌う、これ以上ないってほど綺麗な讃美歌がとつぜん聞こえてきたの。わかる？　その声は、ステップを踏むように、リフレンごとに低くなっていくの。その悲しみに満ちて深みのある声ときたら！　雪の中にいたわたしが、ふたたび目にしたのは、空間を超えてやってきたチャールストンと、そこでのカリブの海賊の思い出、白い砂浜に打ち上げられた海水に蝕まれた鉄の箱についての古い物語……（知ってだろうか、ポーが『黄金虫』で特定したのはこの砂浜だったのだ）そこでわたしが再び見たのは、カモメとカラス、光と闇、水辺の道路。夜になるとわたしたちの家族は、そこからヨットでアシュレイ川を下ってフォート・モルトリーとフォート・サンターの方へ涼みに出かけたわ。独立戦争の時、これらの要塞は臼砲を大西洋に向けていた。綿畑が懐かしくなった。知らない間に秋がやってくると決まって、熟した綿花が雪のように真っ白な先っぽを残して、茶色になってしまう様は見られたものじゃないのだけど。こういった昔の思い出が、泡のように湧きあがってきては消えていったの……ゴーダウン、モーゼス！……」

「カナダにはニグロはいないのですか？」

女はまっすぐとぼくを見据えた。

「ええ、いないわ……わたしはニューヨークから有色人の家政婦を来させていたわ。頭布とエプロンの間にある顔は真っ黒だったけど、彼女には夜一緒に出かける男友達はいなかったし、家にずっといるわけではなかったから。当時、わたしはだんだんと自分が不幸であるように思えてきたの。カナダでだらだらと無為に過ごしていればいるほど、カロライナとかジョージアという言葉、本当にたんなる言葉なんだけど、どんどんエキゾチックなものに聞こえてきて、わたしを惹きつけるようになっていったの。こういった言葉は、わたしにとって、ピンクと黄色をした土地や、トルネードで倒れて、ふわふわのスペイン苔で覆われた大木の林を意味するだけじゃないの。また古靴を引きずりながら働いている黒人女、もしくは緑色のよろい戸のついた灰色の木でできた蜂箱のような彼らの家の前で、パイプを口にくわえ、紐が取れた男用の靴を履いて長い脚を投げ出して坐っている姿を連想させるけど、それだけでもないの……それは、わたしの青春が発した最後の呼びかけ声、もっと暖かい空気や自由を求める心だった。ご存知かしら、黒人たちが、太陽は歌うって言っていることを。いいことを言っていると思わない？

ある日わたしは決めたの。チャールストンに行こうって。そこに行くのに、かなり長旅をする羽目になったわ。豪華列車は陽気なフロリダ、パーム・ビーチへと向かい、観光客たちは、この活気のない地方はさっさと無視して、沖へと向かっている頃ね。なんなの？ここが本当に、わたしが望んだ目的地なの？　わたしにこんなにも生々しい思い出を残した場所だというの？　駅の前では骨董品みたいな古ぼけた車が何台も眠そうに停まっていたわ（これ以上ないってくらい古くなった車は、どこでその一生を終えるかって？　実は、チャールストンでなんだ）。でも、わたしはわかったわ。この街はそのままだって。ずっと変わらないまま。飾り気のないこの町、路はきちんと舗装されてなくて、銃眼が開いた要塞や陰気な火薬庫は昔あった戦争を物語る役割しか持っていない。このとき、南部のプロテスタンティズムの厳格さを初めて理解したんだと思うの。北部よりもずっと強い信仰が、わたしの家族をかたちづくったんだって。わたしの生まれた家はまだそこにあった。ほかの家と見分けがつかないようなこの家は、幽霊屋敷みたいに、海に向かって伸びるオランダ坂という名の路の方へかしいでいたわ。わたしたちのイギリス藤も、ケント州から輸入してニグロの庭師に敷いてもらったふっくらした芝生も、尖塔の陰に隠れた椿やセイヨウツツジの庭もまだそこにあった。教会も！……どんな宗派のものだってあったわ。メソジスト派、洗礼派、長老派、ルター派、国教会系メソジスト派……一番古いものは、あなたたちフランスのユグノーたちによって何世紀も前に建てられたものよ。聖書にある俗界と聖地みたいに、ニグロたちは、できるだけ白人から離れて近づけない街の周辺に閉じ込められていたわ。街の中心街にいるニグロは古い奴隷市場にいる人たちだけだった……お分かりかしら？　わたしがチャールストンというとき、歌を口ずさむ場所はないのよ。

わたしはがっかりして、打ちひしがれながらカナダに戻ったの。感情を凍らせ、慎みを押しつけるような寒さが、心地よいくらいだったわ。人づきあいの悪い北部は安全だった。

一九二〇年、ニューヨークに夫を迎えに行ったわ。そこで二年間を過ごしたわ。わたしは、そこで迷子になってしまったように感じたわ。この街ときたら、もうアメリカらしさなんて全然なくって、いろんな言語が飛び交っていて、まるで外国みたいだった。八〇〇万人もの人びとは、お互いばらばらのままで、変な習慣を身つけたりすることもない。ブロードウェイで、ミュージク＝ホールの舞台をいくつも見たけど、有色アーティストにすっかり占領されていたわ。ニグロたちを頼りにするしかなかったのね。まるで、戦争によって、彼らがつぎつぎと土の中からのこのこ這い出てきたみたいね。あんまり数が多いものだから、リトル・チャールストンというくらいになっていた地区もあったほどなのよ。

南部を離れて北部へやってくると、彼らはもう農民ではなくなっているの。彼らは労働者にされてしまっているのね。彼らの肌色は鋼のような灰色になっていたわ。わたしはこの人種が嫌いってわけじゃないけど、ふたたび接触するようになって、いかに彼らの一人一人がわたしに恐怖を与えるか、いままでになくわかったの。彼らの体臭や唇のかたちを思い描いただけで、感情が抑えきれなくなるの。フランスの新聞に白人の看護婦が負傷した黒人兵の手当をしている様子が載っているのを見て、身の毛がよだつ思いがしたわ。生まれた土地を追い出されたこういった人たちの詩的な境遇には、同情しているわ。でも実際にニグロの一人がわたしに近づいてくるやいなや、わたしはその男に死んで欲しいと思わずにはいられない。彼らの繁殖力には反吐が出そうになる。浅黒い肌を持った数百万もの人間、それはわたしにとって紙の上の数字ではないの。それは、ぞっとするほどのさもしさで交接にふける、視界を埋め尽くすほどの数の男女なの。もしこれを解決するための唯一の方法として、彼らの去勢を提案する人がいたら、わたし自身は大賛成だわ。いかなる偏見も持たないと豪語しているある男友達があるとき、白人の黒人に対する憎しみは、オスとしての嫉妬に過ぎないと宣言したことがあった。この発言がどれほど許せなかったか、あなたにはわからないでしょう。

夫は流行モノには目がなかった。わたしたちは毎晩外出して、寝る時間はどんどん遅くなっていった。次第にもっと多くのお酒を出してくれる場所に通うようになり、さらに激しく騒ぎ、叫び、笑ってくれる仲間が必要になっていった……。そうこうして、辿り着いた先が、ハーレムだった。いかがわしい歌、淫らな雰囲気、夜明けの色、and all that sort of things, you know ワカルデショウ、ソウイッタ タグイ ノ モノ スベテがそこにあったわ。わたしは今でも覚えている。芝居の後、レノックス・アヴェニュー近くで、わたしはタクシーに乗っていたの。悪魔のような人影が夜の闇からいくつも出てきたと思うとすぐに引っ込んだの。顔が先立って体の存在を知らせることはなかった。すべてがいっぺんにいきなり現れてくるの。闇の中に吊り下がっているみたいに、つけ襟だけが光ってたわ。わたしたちが足を踏み入れようとしていたのは世界最大の黒人街だった……「ストレーツ」、「ココ・グローブ」、「シュガー・ケーン」といった名だたる地下クラブへと、わたしたちは立て続けに入っていった。家畜小屋を真似た藁敷きの床、キラキラ光る巨大なトロンボーンを手にしたオーケストラ……階上へ上がる通路の柵のうしろに見える蒸気機関車。銀製のスキットルがポケットからはみ出ていた。幽霊屋敷にでも迷い込んだかのように人びとは皆踊っていた。プランテーション経営者の扮装をしたニグロが手足をばたつかせながらわたしたちが注文した炭酸水「ホワイト・ロック」を運んできた。

「フロランス・ビットを見るつもりかい？」と聞かれた。[*]

＊　ブロードウェイ女優で黒人ブルース歌手のフローレンス・ミルズ（一八九六〜一九二七）がモデルか？　モランと親交のあったカール・ヴァン・ヴェクテンが『ヴァニティ・フェア』

誌で紹介している。

彼女は赤い格子模様のマットレス地のスカートを履き、青光りする三つの大きな分け目を入れ撫でつけたヘアスタイルで登場した。彼女が、手をうしろに組んでカントリー風の椅子の上に崩れ落ちる様子は、胸がむかつくけど、素晴らしかった。讃美歌を唱うような調子で、彼女はブルースを歌っていたわ。メソジスト派風ゴスペルの常軌を逸したハーモニーの背後にあったのは、嘆き苦しんでいるように見えるわたしたちの南部の土地。まるで、イタリアのはずれ年に描かれたタブローの絵の具を剥がしてみたら、躍動感あふれるプリミティブ派の絵が出てきたみたいに……若々しい彼女はからだをよじらせていた……まるで電気椅子に坐らされてスイッチを入れられたみたいに……彼女は笑いを取るために、寄り目になって、両足で鼻を擤《か》んでいたわ……彼女は真っ黒ではなく、肌に大きな班がでてきていて白っぽくなってて女豹って呼ばれていた。

ニグロたちは、寄木張りの床に足を打ちつけ、銃声のようなけたたましい音を立てていた。ここに駆けつけてくるニグロは、逃亡してきた農民から、社会の落伍者に成り下がったインテリ、悪党、警察官までなんでもいたわ。幸せな気持ちに酔いしれて目を閉じ、連れてきた女の腰に手を当て、踊ってた。フロランス・ビッドは手にドル札の束を握りながら、ひとりあちこち回ってた。お金を集めていたのね。オーケストラが演奏を止めると、彼女は挨拶をして、客にキスを送るのだけど、彼女のキスが投げられるのは口唇からじゃなくて、お腹からなのよ、まるで、ようやく空腹が満たされて、お礼を言っているみたいに……少し経ってから、夫がこの女を囲っていることを知らされたわ。有色人種の愛人を持てば、あなたもウォール・ストリートで名声を手に入れられること請け合いよ。彼女は夫のことを、彼女がわたしたちからもらったお金をチップとしてやる相手のニグロのエレベーター・ボーイかなんかと勘違いしていたのね。

わたしはといえば、それからというもの時代の最先端に飛びこんで行ったというわけ。そこにいると、もう老け込んでいくことなんてなかった。ほとんどありとあらゆる場所でお楽しみを味わったわ。でも、そんな感じだと、遅かれ早かれアメリカではすることがなにもなくなってしまう。そうなると、次の行き先は、あなた方のパリ。あらゆる女の人生の中で一回は犯す罪みたいに目の前に浮かび上がってきたわ。パリってまるでドラッグみたいね。最初の年は、ホテルに泊まって一週間過ごしたの。二回目は家具付きの部屋で三ヶ月。三回目はアパルトマンを借り、四回目にはとうとう家を買ったわ。それでもうアメリカに帰ることはなくなったの。一九二三年から二……もう忘れてしまったわ。パリにいると、人も年もごっちゃになるの。そこにあるのは、まさに真の坩堝ね」

「人をごっちゃにするなんて、もう真面目さを放り出し、すべて一緒くたにして面白おかしく時間潰しをしているだけなのですね」

「確かに！　あなたのお国では、なんでもありみたいね。もう性の違いなんて信じられなくなっているし。なぜわたしたちは人種なんてものがあることを信じていたのかしら？　わたしが一番びっくりしたのは、自分がなににも驚かなくなっているってこと。でも、ひとつだけわたしを唖然とさせることがあるの。それは、フランス人女性、わたしたちみたいな人たちが、街中を有色人種と堂々と歩いていることね。前にカルチェ・ラタンで中国人学生たちが白人の恋人たちと一緒にカフェのテラスいるのが、どんなに奇妙に見えたことか。わかるかしら。ある日、街の真ん中、テュイルリー公園で、手足の巨大な、制帽の縁から飛び出しそうなほど突き出た唇をした真っ黒な肌色のニグロの運転手が、眼を充血させながら、ペ通り側の出口のところでファッションモデルの女性を待っているのを見たの。男は彼女を優しく落ち着いた様子で迎えるのだけど、その思い上がった態度に仰天してしまったわ。彼女よりもゆうに四倍ほどの体重があるはずなのに……色白でブロンドの彼女は、好きでたまらないという様子で男の方に身を寄せたの。わたしは辺りを見回したけど、振り返ってみようとした人は誰もいなかったわ。こんなかたちの愛だって、いろんなほかの愛のかたちの一つとして、大手をふるっているのが受け入れられているのね」

「だって、カップルが増えるのは自然な流れではないですか。自然が求めている結果、こうなっているのだと思いますよ」

「自然が好き放題しないようにするために、法律があるのじゃない？　大男のニグロとブロンドの女の子がなんて……パリがあぶなくておかしなのはこんなところね。でもそれからも、地方や田舎でさえも、あなたがたの国で黒人と白人を区別しているところは一度だって見たことがなかったわ。黒人が白人に使われていたり、舗道を歩かないようにされたり、特定の界隈に閉じ込められたりするのを見たことがないわね……だから、フランスの女性は彼らに話しかけたり、身を委ねてしまったりもできるのね……」

「それのなにがいけないのですか?」

「そんなことをおっしゃるのね。わたしは、もし自分の体に黒人の血が流れていることが分かったりしたら、とても生きていけないわ! 有色人種の子供を生んでしまったりしたら、絞め殺してしまうでしょう! でも、そうは言いながら、わたしはニグロたちが気になって仕方がないの」

「ニグロと女性、どちらも情熱と本能でうごく動物ですからね……」

「音楽が好きで、派手好みで、宗教にうっとりして、ニセモノの宝石や本物の血が大好きで……」

「だから、ニグロも女性も、まさに時代の寵児ってわけなのですね」

「ニグロたちでわたしが好きなところは、あの晩、テュイルリーであれほどわたしを震え上がらせたものと同じ。それは、かれらの力なの……体毛のない猿のような長い腕、シャツに染みをつける肌から分泌される脂、黒檀のような大きな手、爪はピンクで、それが恋人のフォラード地のドレスの上、かよわい体の上に置かれて。アメリカに居たら、こんなことが許されるなんて思いもしないでしょうし、こんなことを想像してしまっても自分の奥底にしまいこんでしまっているでしょう。でも、パリでは……いつもここに戻ってきてしまうわね。自由という名前の風があんまり強く吹いてくるものだから、到着するやいなや、危うく転ばされそうになるのね。そうしたらもう、フランスの悪魔が耳元で囁いてくるの。さっきのあなたみたいに「なにがいけないの？」ってね。ニグロたちが幅をきかせるのは昼ではなくて、夜。闇に紛れて、音楽、ドラム、肉体という武器を携えてやってくる……わたしが住んでいるこの最先端の大都会で、まさにその時刻に、黒人たちが法律に守られながら、白人の女性たちをつかまえてからだを押しつけ、柱に繋ぎとめるように自分にぴったりと番わせる様子を思い描かずにはいられなくなるの……いつも言われていることだけど、彼らの力はとても強いそうだから……わたしは見たかったのかもしれない……わたしの眼が求めていたのは、そう、スペクタクル。もし見ることができたなら、不安はどこかに吹き飛んでいたかもしれないように思えるの。パリでは見知らぬ人たちばかり。この奇妙な社会に友達はいないもんだから、劇場みたいにとんでもない場所にいるような気分になったわ……」

夜がうっすらと明け始め、やっとひんやりとした空気が流れてきた。

女は話の先を急いだ。

「それで、パリを離れればましになるのではないかって考えたの。夏の初め、ヴァレスキュール地区に部屋を押さえて、サン＝ラファエルにやってきたの。そこに着いて数日後のことだった。わたしは、トレッキングするためにエステレルの山々の方へ歩いて出かけたの……夕方だった。とても暑くて、息をつけるところを探していたの。フレジュスのホテルの門衛が、趣のある古い城塞を勧めてくれたの。サラセン人たちが海から攻めて来たとき、フランス人たちが避難していたところね（とても昔のことよ。たぶん、ナポレオンの時代くらいかしら？）道の曲がり角のところに、野営地があることに気づいたの。テントはすでに蝋燭の明かりが灯っていて、おおきなランタンみたいに見えたわ。柵の後ろからは、空っぽの水筒がガチャガチャ触れ合う音や、銃を落とす音が聞こえてきたわ。突然、鮮やかな赤い点が目に入った。斥候が現れたの。それはニグロで、頭のてっぺんにへんてこな小さな帽子をかぶってたわ。彼の歯と銃剣が見えた。この男は、わたしたちの国にいる連中よりもずっと綺麗でより黒々としていたわ。

「セネガル狙撃兵ですね……あなたの国にいる連中のご先祖だ……」

「わからないわ。ただの兵隊とはちょっと違っていたわ。この地方を奪還した隊長みたいな雰囲気を持っていたの。まるでモール人が再びやってきた後みたいに。有刺鉄線越しにわたしがじろじろ見てもじっとしてた。ニグロたちは、叉銃が組まれたところの近くで、上半身裸になって体を洗ってたわ。咳き込むのもいて、こんなに暑いのに、とても寒そうにしていた。またほかの集団は、沈んだばかりの太陽に向かって平伏して、「アッラー、アッラー」って歌ってた。その中に一人とてもハンサムで、危険な感じのする男がいて、服を着替えていたの。仲間たちが、赤くて長いベルトを男に差し出すと、体を回転させながら自分で体に巻きつけていたの。ロシア・バレエを見ているみたいに美しかった。劇に出てくる東方の女たちがしているように、手の甲に銀貨をつけ、対角線に付けた銀の鎖で止めていた。この男は出掛けようとしているのではないかと思ったのだけど……違ったわ」

「後悔しているのですね。この男に話しかけたかったのですか？」

「ええ、わたしはその男に惹かれたの。チャールストンで、あの選挙の晩に、子どもだったわたしのことを抱きすくめたあの男にそっくりだった。危険が差し迫った状況の中で、あの晩のことを一瞬で思い出したわ。わたしが身につけていた服、母の叫び声、柱に縛りつけられたいという欲望まで……わたしは斥候にキャンプを見学させてくれと頼んだの。『オマエ、入レナイ。オンナ、ヨクナイ。ココ　ハ　野蛮人バカリダヨ！』という答えが返ってきたわ」

ぼくは彼女の話をさえぎった。

「なぜあなたはわたしにそんな話をするのですか？　フレジュスに行ったという今の話はいったいいつの出来事なんですか？」

その時まで平静さを取り戻していた女は再び路上にいた時のように、錯乱したような表情でぼくのことを見つめはじめた。

「この晩……そうよ、昨日の晩よ！　それから先はなにが起こったかは言えないわ！　わたしは犠牲者なんですもの……わたしの上をサイクロンが通り過ぎたの。ニグロたち、あれは悪魔だわ。わたしのからだはすみずみまでまるでだれかにあやつられているみたいだった……まずわたしはホテルに帰った。夕食を済ますとすぐに、ナイトドレスを着てキャンプにやってきて周りをうろついたの。おなじ斥候がまだいて、怖くなってしまって、ジュアン・レ・パンのカジノまで車を運転して行ったわ。賭けをして……知らないアメリカ人と夜食を取ったの。シャンパンを何本も空にして。アメリカのジャズが流れていたわ……黒人の……サキソフォンを吹いているのは背の高いハンサムな男の子で、人を小馬鹿にしたような態度を漂わせていたわ。こういう態度は、彼ら、アメリカにいるときは、絶対しないけど、フランスに来るやいなや表に出すのよ」

「白人女性をモノにしたら、すぐにそうなりますね」

「彼は赤いスモーキングを着て……フレジュスの兵隊が身につけていたベルトと同じ赤だった。首の周りには黒いモワレ仕上のリボンをつけて楽器を止めていたわ。オーケストラが止むと、彼はうっとりしてしまうくらいの横柄さでソロパートを歌ったの。


チャールストン、メイド　イン　カロライナチャールストン！

ひと晩中、彼は演奏してた……。わたしのために演奏してくれた。彼は踊って歌って、みんなを魅了してた。フランス人たちは足を踏みならして、彼を煽ってたアメリカ人たちは激しく興奮していた。そうこうするうちに、空気が吸いたくなって、外に出たの……ひとりで、大通りの方へ。彼が追いかけてきたわ……たぶん、彼はわたしがお金を湯水のように使っているのを見ていたのね……

フランスにクー・クラックス・クラン現る！

そう、フランスの新聞は書きたてた。「センセーショナル」という言葉が付け加わる。「アメリカ人たちはやりすぎだ！」「外国人はトラブルを持ち込まないでくれ！」「安心して暮らせない」。左翼のメディアは人種の平等を持ち出した。人権同盟は大揺れ。コートダジュールの地方紙は事件を隠すことはできなかった。アンチーブの近くで、ニグロがリンチで処刑された。明け方、ジュアン・レ・パンのジャズクラブのアメリカ人のニグロが、八十六発の銃弾を受け死亡しているのが発見された。その上、大型自動車が被害者の顔の上をうしろから轢いた形跡があった。死体には貼り紙がされ、「白人女性を敬え！　ＫＫ

K より」。フランスの地方で、こんなアメリカ的な悲劇が起こったのである。容疑者は、アリゲーターのように水面に浮きながらのんびり昼寝をしているアメリカ海兵隊員の水兵帽をかぶった若い水浴客たちなのか？　涼しいところで明るい色のスーツを着て今日もカジノで呑気にオレンジエードをちびちび啜っている白髪交じりのウォール・ストリートの銀行家の中にいるのであろうか？　ミュージシャンたちは、その晩、ディナールームから突然サックス奏者が消えてしまったこと以外はなにも知らなかった。彼らの紫色の唇から出た言葉を、ニースの検事局の公選通訳者は理解しているふりをしていたが、予審内容を明らかにはしなかった。その間、ホテル業界からの圧力によって動揺している「有力者たち」が検事局に介入してきた。

事件は解決済みとなった。

また新しいミュージシャンがフォンテーヌ通りにやってきた。

エクセルシオール

シマウマはその縞模様を脱ぎ去ることはできない

ダオメのことわざ

ジョージア州にあるエクセルシオール。二つの街道の交差地点にひっそりと佇んでいる町だ。街道の一つは北部から南部へ、カロライナからフロリダへと伸びており、もう一方はメイコンからサヴァンナ、そして海の方へ伸びている。往来が多いのはこっちの方だ。八区画ほど入ると、そこはもうニグロ街で、「リトル・アフリカ」と呼ばれていた。そこには、向日葵が飛び出て覗いているスペイン漆喰の壁で囲まれた工業用煉瓦づくりの一軒の小さな家があり、白人の一家——少なくとも、よそ者だったら、そう勘違いしてしまうだろう——が住んでいた。だが、彼らブルーム家の人びとが黒人であることは、エクセルシオールの町では、とうに知れ渡っていた。戸籍の記載を見ると、ヴィクター・ブルームという名前の後にCというアルファベットがついている。これは有色人種（カラード）の頭文字であり、これに対するは白人（ホワイト）の頭文字Wである。この「クレオール」

の一家――彼らは少しでも白人に近づきたいあまり、自分たちのことをそう呼んでいるのだが――、彼らはニューオリンズのニグロの血をひいており、葬儀とエンバーマーを生業とする太っちょの父のヴィクター・ブルーム氏、年老いた母と叔母の姉妹、そして若い姉妹のアルマとポーリー、そして三十歳になる息子のオクタヴィウス・ブルームがいた。オクタヴィウスは、そんな自分の家族が自慢だった。混血特有の抜け目なさに恵まれ、両親が使うエキゾチックな単語が随所に混じるお国言葉である「ゴンボ」はおくびにも出さず、アメリカ英語を流暢に話していた。そんな彼はエクセルシオールの女たちの憧れの的だった。彼は、ご当地では「クロコドリー」と呼ばれるニグロ版「コンメディア・デッラルテ」の登場人物さながらの即興の才に恵まれていた。一九一八年にはフランスで軍役についた。彼は不動産会社の共同経営者で、GM社のビュイックを一台持っていた。習慣にとらわれていないことを示すため、十歳のときすでに髪に分け目を入れていた。そして現在では、女の気をそぞろにさせるダグラス・フェアバンクスJr*張りのちょび髭まで蓄えていた。

＊ダグラス・フェアバンク・ジュニア（一九〇九～二〇〇五）。『ロビンフット』（一九二二）などに出演したサイレント時代の名優ダグラス・フェアバンクスの息子。父親とは違い、一九二〇年は脇役として映画に出演していた。『黒い魔術』が出版された一九二八年、『恋多き女』で主演のグレタ・ガルボの弟役として出演し、注目を集めるようになった。

日曜日の昼食後のことだった。葬儀屋のガレージは閉まっていた。車庫の中には、黒と銀の垂れ下がった布をつけ、鏡をはめ込んだ霊柩車と金持ちの葬式用のダチョウの羽をつけた四輪自動車が控えていた。事務所もおなじく閉まっていた。閉ざされた客間には、一級品と二級品の棺が置いてあった。ニッケル鍍金《メッキ》を施した取っ手が、色を塗られたマホガニーの木にくっついており、それらはビロードの覆い、もしくは白いサテン地の布団張り、またはピカピカの鋼でできたコーティングで覆われていた。ある棺は金の透かし文字で書かれたイニシャルで飾られており、またほかの棺は田舎風の柵を模したミニチュア装飾が施されており、その上には「天国への扉」などといった象徴的な言葉が記されていた。一番高価な棺には、オルゴールが付いており、開けると「ゴー・ダウン・デス」のメロディが流れるようにできていた。この部屋の奥にエンバーミング室がある。目下のところ客はいなかったが、毒薬の入った瓶やアスファルトや薬用ハーブなどの薬品類が置いてあった。そしていちばん奥には、通夜の参列客用の食堂があった。ニグロの葬式には宴会がつきものだからである。

ヴィクター・ブルーム氏は、額にサンバイザーを引っ掛け、上着を脱いでまくり上げた袖をクリップで留めたワイシャツ姿でコーヒーを飲んでいた。彼の額にはルーベンスが描いた黒人の顔の習作*に見られるような派手な青あざがついていた。叔母は、往時の「クレオール」の動作を地でいくありさまで、扉を半ば開け、まるで服をひっぱるように自分の方へブラインドを寄せ、家の入り口の木の階段に腰掛けながら通りを眺めていた。隣の部屋ではブルーム家の母親がシエスタをしているのがチラリと見える。彼女のベッドには柵がついていた。夢遊病だったからだ。頭の周りにマドラス地のスカーフを巻き、葉巻をナイトテーブルの隅に置きながら彼女は横になり丸まって鼾をかいていた。居間では女たちが小声で喋っていた。そこは、けばけばと悪趣味で、湿気で傷んでおり、骨董の型や宗教画が掛けられているせいで壁はデコボコになっていた。自動ピアノもあったが、誰一人としてそれを演奏させるものはいなかった。式典用の備品が見える。筒の中に紙でできた青いケシを挿して飾りつけられた食器ワゴンだった。

＊　ブリュッセルの王立美術館に収蔵されているルーベンス作《黒人の顔：4つの習作》を指す。

オクタヴィウス・ブルームは通りの角で声をかけられた。彼は体を揺すって苛立っていた。蝿たちに我慢ができなくなっていたのだ。一丁の鋏が下に落ちた。この青年は、耳に帽子を引っ掛け、ローズウッド色のエレガントなスーツに身を包んでやってきた。

「どうやってきたんだい？　歩いてきたのかい？」

「見慣れない糞ヤンキーが、ゲーテ・ストリート（彼らはジーティ・ストリートと発音する）の角で車をぶつけてきたんだ。アイルランド人みたいに酔っ払ったやつだった。最初そいつは謝ろうとした。そしたら、床屋のやつがおれを指差しながら『そんなことしなくていいぞ。こいつはニグロなんだから』なんて、大声で言いやがった。そしたら、こいつはおれの車をぶっ壊すだけじゃ飽き足らず、ニグロのくせにスピードを出しすぎだなんて言いながら、おれを車から引きずり降ろそうとしてきたんだ。当然、続きは『臭くて汚ねえコールタール野郎』だの『ハエがたかりそうな薄汚ねえツラ』だの『黒ンボ』だの言う罵りの雨あられ。おれはこいつが酒を飲んでいるって説明しようとしたんだけど、集まってきたやつらは、なあ、わかるだろう？　おれが悪いっていうのさ。警官はどこかにいなくなっちまい、リンチされそうになっているってわかったんだ」

「ニグロに運だめしなんて一ミリだって許されておらんのだ」父のブルーム氏は苦々しく言った。「まったくよ」とポーリーが生きているのもやっとといった調子で言葉を繰り返した。「なんて不公平なんだろう！」

「おれたちには自由も正義もあったもんじゃない」

「全くだわ。ニューヨークじゃ、自由の女神だって真っ黒だっていうのに！」

「やつらが一度だけ順番を譲ってくれたことがあったっけ。でもそれは前線でのことだったよ」とオクタヴィウスは言った。

アルマはため息をついた。

「イースターの時にズールー族の王さまをやった時はやんや囃してくれるけど、それ以外はお呼びでないのね！　カーニバルが終わり、すっかからかんになるまで、やつらがさんざん楽しんだ後は、わたしたちは汚物に逆もどり、というわけね……」

「そうね、でもその二十四時間だけは。覚えているかい。オクタヴィウスはエクセルシオールの街の王様だったさ」と叔母は話を戻した。

みじめな思いをするたびに、家族の内輪話の中で、数えきれないほど語りつくされた話がまたもむし返されるのだった。二つの人種を分け隔てている例の境界線、あのカラーラインを越境《パス》したらどうなるだろう？　なぜそれが悪かろう？　たまたまだがブルーム家の子どもたちはみなほとんど肌が白かったではないか？　ついにあちらの陣営に入り込むこと、出入りを禁じられた国に危険を冒して足を踏み入れ、過去と古い皮膚を脱ぎ捨てるんだ……白人になるんだ！　このエクセルシオールを出て、南部を離れ、アメリカから出て行ってしまえば、誰もブルーム家の人びとが黒人だなんてわかるまい……それなのになんでいつまでも差別されたままでいなくちゃならないのか？　自信を持って、勇気を振り絞って、ここから出ていく必要があった。しかし、奴隷たちをプランテーションへと縛り続けたあの昔からの服従心がいまだ彼らの足を引っ張っていたのだった。

「どこへ行くんだい？」

「ニューヨークかい？」

「ニューヨークだったらまだ安心はできない……あそこにはハーレムがあるからな……というのも、仲間がカラーラインを越境《パス》することを満足げに見守る知的な黒人たちや、白人たちにいっぱい食わせることを面白がるユーモアの才に長けた黒人たちがいることにはいるが、大部分のやつらはそんなおまえに嫉妬して怒り狂った自分の姿を隠そうとはしないからだ。また、仮に少しうまくいったとしても、たまたま南部出身の白人たちが、おまえたちの青みがかった角膜や薄紫色の爪をじろじろ見た挙句、騒ぎ始めたりしないとも限らない。そうなりゃ、すぐに孤立して、黒人のゲットーに逆戻りさ……」

ヴィクター・ブルーム氏はいつも子どもたちを見て勇気付けられていた。オクタヴィウスは、幅広の肩とブロンドの髪を持つ生粋のアメリカ人だった。息子は、「ズイ」などという言葉は決して使わずに、代わりに「イエーイ」とか「ヨップ」といっていたではないか。食事の後にまたたのしめるように誰よりも見事に、チューインガムを椅子の裏にくっつける術を身につけていたし、ジョージア・ジャイアンツのチームに入って「ベース・ボール」をプレイしていた。挙句の果てには、落ち着き払って、こういったフレーズの合間に「チェックする」なんていう動詞を挟んだりしていた。アフリカ人の血はせいぜい十六分の一しか流れていない……姉のアルマは美しかった。眼は切れ長で、鼻はぺしゃんこではなく、丸みを帯びていた。育ちのよいまさにお嬢さん風で、起き抜けの時だけニグロのこどものようにわずかばかり緑がかった肌色をしているものの、念入りに白粉を塗っているので問題はない……ポーリーの方はといえば、肌は完全に白く、まるで鷲のくちばしのような鼻をしていた。たいそうな教養も！　ニューオリンズのストレート・カレッジ*では栄誉賞をもらっていたのだ。

＊　ルイジアナ州ニューオリンズにアメリカ宣教師協会（ＡＭＭ）が設立した黒人大学。一八

六八年から一九三四年まで存在した。一九一五年にストレート大学からストレート・カレッジに改称。ハーレムルネサンス運動の中心人物の一人アリス・ダンバー・ネルソンなども輩出。

「ちぢれ毛の話をしている連中はバカだ……暑さのせいで縮れたなんていうのさ！」

「まず、なんだっていったい、オランウータンみたいなストレート・ヘアがご自慢なのさ？」

「この折れそうなくらいほっそりした手首や、長い手足のことで、わたしたちに文句をつけてくるけど、これは人種の徴じゃないのかい？」

叔母だけが悲観的な態度を取り続けていた。

「ああ！　わたしたちは有色人種《カラード》なんだよ。わたしたちの苗字はユダヤ系で、宗教はカトリック。だけど、たったそれだけでＫＫＫの連中からどうやって逃げおおせようっていうんだい？」

ブルーム氏は彼らの考えを打ち消すときに使う黒人特有のゆっくりした重々しい口調で言葉を継いだ。

「ここらあたりでは、いまいましいことに黒人にはまったくチャンスが与えられていない。おまえの前にそれをやった連中もいたことにはいた。北部や西部では、そういう風に見える連中にとっては日常茶飯事のことだ……要は風土の問題だ。北のほうへ行けば行くほど、おまえやおまえの子どもたちは白人に近づいていくだろう。まず、おまえに聞くが、国勢調査のたびごとに姿を消していった有色人種《カラード》の二万人のアメリカ人たちはどこへ行ったと思う……？　アフリカにちょっとした旅行に出かけたとでも思うか？　めっそうもない！」

「心しなければならないのは、一歩踏み出してしくじっちゃいけないってことなんだね……」と意をくんで、オクタヴィウスは言った。

「わたしたちは、余計なおしゃべりはしないし、おまえを助けるつもりだ、それは当てにしていい。一年の間、毎月五百ドルづつ銀行口座へ送金してやろう」と父は答えて言った。「さあ、行け。おまえの生きて行く土地をよく研究するんだ。そして、うまくいったらすぐにおまえの妹たちを一緒に連れて行っておくれ。わたしたち年寄りは、おまえたちについていくには、いささか日焼けしすぎているんだよ」

ベッドに潜り込んでいたブルーム家の母親はすべてを聞いていた。黄色いロウソクのような顔をした彼女は、柵で囲まれたベッドの上に立ち上がった。頭に巻いたすみれ色のチェック模様のターバンが少しずれて短く縮れた髪の毛が覗いていた。

「オクタヴィウスは上手く逃げおおせるでしょう」彼女は年老いたクレオール女性特有のしゃがれ声ながらも、完璧なフランス語で言った。「わたしの大好きなお父さんだったムッシュー・ペリエは何度となく言っていたよ。ニュー・オリンズにとどまって、ジョージアなんかに引っ込むべきではないってね！　言っていたよ。こんな田舎の町は、ザリガニの穴でしかないってさ！　ザリガニの穴さ！」

九月。コーネリアス・クリーク。デラウエア州のこじんまりとした海岸。目の前は大西洋。一面のオーシャンビュー。まるで狩りの獲物を並べたみたいに所狭しと寝転んだ水浴客のせいで砂は一切見えなくなり、飛び込むスペースもないほど筏や浮きやカヌーで埋め尽くされて煤けた海のニューポートやアトランティック・シティのようなおぞましい海水浴場とはわけが違う。コーネリアス・ホテルにやってくるのは、ワシントンの公務員の家族、大きな商売をしている人びと、ケンタッキーの牧場経営者、ヴァージニア州の判事といったハイソサエティのブルジョワだ。売地の広告に書かれているように「上品で、閑静、まさに海の貴族」なのだった。

　オクタヴィウス・ブルームは二ヶ月前からここに居を構えていた。彼のバイタリティ、モータボート、こっそり仕込んだ酒の素晴らしさ、カクテル・パーティ、年配の女性に配慮したブリッジの加点、美しい声、それらすべてがこの地における彼の人気の秘密を説明していた。若者たちは、彼が着ていたポール・ホワイトマン・オーケストラ*張りの銅ボタンのついた青色のダブルのスーツをこぞって真似た。もともとの苗字にあやかって名乗ったブロードウェイのユダヤ人の家系という触れ込みは彼にとって売りとなり、若い娘たちが毎日結婚の申し込みに殺到した。そうこうするうちに、海岸沿いの分譲地と邸宅の販売を独占していった。

＊　ポール・ホワイトマン（一八九〇～一九六七）白人のジャズ楽団指揮者。一九二〇年代はガーシュインの楽曲などを演奏し一世を風靡していた。

一年もすると、彼はこの浜辺の町で、ひとかどの人物になっていた。コーネリアス・クリークの「モテモテ」のダンディだった。たくさん金も儲けた。彼は、エクセルシオールから妹たちと叔母を呼び寄せ、松林に囲まれた一軒のコテージに一緒に暮らしはじめていた。アルマとポーリーも、すぐにアヴァンチュール、華やかな色、醸造された飲み物の味を知ることになった。彼女たちは、豹柄のフェイク・ファーを身にまとって、金色の薔薇のついた赤いビロードのもっさりした帽子を被り、ピンク色の綿靴下を履いてオドオドしていた到着当時のことなどたちまち忘れ去ってしまっていた。彼女たちは肌の白さを保ち、香水をたっぷり振りかけて白人になりきっていた。一方、オクタヴィウスは海辺で肌を焼いて、より自然な状態でいることを好んだ。ポーリーは滑稽な身振りやことばを次々と繰り出し、大喝采を浴びるのだった。

「あなたの妹さんのやるミンストレル・ショーときたら！」＊と、ポーリーの思いつきで口ずさむ音楽、雨のように降り注ぐ心地よいことば、次々と湧き出るおもしろい話に魅了された人びとはオクタヴィウスに言ったものだった。「感じのよいムードメーカー」というもっぱらの評判をものにしていた。

＊　十九世紀前半から二十世紀初頭までスペクタクルの前説や幕間に行われていた白人が顔を黒く塗って黒人の真似をする寸劇などを交えたコミカルなショー。

年老いた叔母はこの状態が続くように神に祈った。

「万事快調、エクセルシオールの時代はもう終わり、罵られることもない！　トラムで『黒いカラス』専用のコンパートメントに坐らされることはもうないの。お父さん、『有色人種《カラード》は与えられた場所にとどまり』『分をわきまえ』なければならないとかいう古臭い文句や、その他くだらないしきたりは、わたしたちにはもう存在しないのよ……今ではわたしたちは快適なシートに坐って車で移動し、荷物はニグロたちに持たせているの」とポーリーは年老いた両親に書き送った。

フォレスト・ヒルから海岸を見渡し、海水浴客たちと治安を見まもってきた古くからの名家であるマッククラン家のロッジで判事である夫とミセス・マッククランが開催するお茶会でブルーム家は重要なゲストとなっていた。一線を退いて老後を送るこの気難しい夫婦は、一年中をコーネリアス・クリークで過ごす人びとの小さなコロニーの元締だった。ミセス・マッククランは、最高裁で判事をしていたブルーム家とかつてボストンで知り合いだったこともあり、この新参者たちに彼らと親戚かどうか尋ねた。オクタヴィウスは、自分たちがそのブルーム氏たちの分家であるとそれとなく仄めかした。ちょうど彼はよい条件で高台の土地を手に入れ、そこを造成しようとしていたところだった。とりとめもない会話を通じて彼は判事とともに資本を集めて、ヨーロッパスタイルのカジノとカントリーハウスを建設することも狙っていた。マッククラン夫妻にはハーバード大学に通う一人息子がおり、ポーリーにつきまとっていた。実のところポーリーは美人になっていた。姉のアルマは視線で年配の男たちを釘付けにして悩殺することにかけては負けなかったが、ポーリーはすべての若い男たちの心をがっちりとつかんでいた。アフリカ人には、顔をさまざまなトーンに塗り分けて呪いをする日があった。しかし、ブルーム家の娘たちにとって、コーネリアス・クリークでは毎日が呪物の日であり、彼らは白粉を塗りたくっていた。麦わらのようにごわごわしている赤毛を撫でつけながら、ボディーロールさせて踊るのをやめた彼女たちはブラック・ボトム*を誰よりも上手に踊った。喜びのあまり、上気して彼女たちの頬はこれまで目にしたことのない色に染まった。彼女たちは派手な色の水着を身につけ、フェニキア人の時代からウールワースで売り物になっている時代までずっとニグロの女性のために作られてきた青いガラス細工のブレスレットはとうに捨ててしまっていた。野外カメラマンの被写体は彼女たちを置いてほかにはいなかった。打ち寄せる波にハンモックのごとく揺らぎながら水面に浮く彼女たちの姿の優雅さといったらなかった。

＊ ブラック・ボトム・ダンス。チャールストンが流行るまでジャズダンスとして一九二〇年代に流行した。

ある朝、オクタヴィウスが二人の妹たちと砂浜で、ガレー船の船頭のように日光を避けながら、のんびりと寝そべっているとき、自信満々で輝かしい顔つきをしたポーリーをじっと見つめ始めた。

「おまえのうなじのところにこんなホクロがあるなんて知らなかったよ」と、彼は新米の母親のように熱心に眺めていった。

自信が揺らぐ気配をまったく見せずに、ポーリーは肩をすくめた。

「わたしみたいな肌をしている娘はちょっとやそっとのことでは見つからないのよ」彼女は答えた。

これは、毎日のように水浴に来ているブルーム家の面々に会いにやってきていたマッククランの息子の意見に違いなかった。ひそかな物音が海岸を駆け巡っていた。その正体は貝殻に耳を当てて聞こえてくる潮騒ではなく、婚約の噂だった……

数日後、オクタヴィウスはふたたび驚愕することになった……疑いの余地なく、ポーリーの体に彼が見つけたシミは消えておらず、それどころか首全体に広がり、いまにも顎に届きそうになっていたのだ。それはとても柔らかいビストル色をした大きな斑で、周りの表皮の白い部分と交じり合いながらも、そこを侵食し始めていた。

彼はアルマを脇に呼び寄せ、自分の不安を打ち明けた。

「いいえ、ポーリーはただ日焼けしているだけよ」と彼女は答えた。

「十月の日光で日焼けをすることはもうないだろ」

「ポーリーはとんがっていたいのよ。わたし知っているわ。あの娘、クルミ油を塗っているのよ」


安心したオクタヴィウスはそれ以上考えるのはやめた。さて、十一月初旬のある晩、マックラン家で夕食に招かれた際、彼はまさに衝撃を受けた。テーブルクロスにどぎつい照明が当たり、ラメのドレスがキラキラ輝いているところで彼は確信した。ポーリーの顔が茶色くなってきているのだ。薄く陰りがさすように、頬はモーヴ色になり、こめかみとうなじは淡黄色になっており、首から上がってきた色は、いまでは顔にまで達していた。鼻はもっと奇妙なことに、彼女の顔つきそのものが変わってきているように見えたのだ。鼻はその鋭い輪郭を失い、唇がつきだし始めていた。彼女の輝きになにかいわく言いがたいエキゾチックな雰囲気が加わり、ポーリーを変質させていた。夕食の間、彼は妹の顔から目が離せなくなっていた。彼女はそれに気づき、ひどく赤面した。


「たたりだ！」

彼らはマックラン家から帰ってきたところだった。オクタヴィウスは、ガレージに車を止めた後、居間にいる妹たちと合流した。スモーキングを着た――タキシード姿の――

彼は、夜会服に身を包み泣きじゃくる二人の女たちのあいだを行ったり、来たりしていた。ヤクザ者みたいに拳で机を叩いた。

「たたりだ！」

聞こえてくるのはすすり泣く音だけだった。

「じゃあ、ここから出ていくよりほかないな」口調をやわらげながらつづけた。「出ていくしかないんだよ！　おまえがエクセルシオールに帰らなければ、一巻の終わりだ。一年の努力が台なしになっちまう！　おまえの姉さんの将来は真っ暗で、おれは……おれの方は……評判を失っちまう！」

「オクタヴィウス、あんたがそんな風に思い込み始めたときから……わたしの肌から純白さが消えていくのは、言ったでしょう……ダンスのせいだって」

「ウソだ！　おまえは今夜踊ってないじゃないか！　おまえは本当のことを知っている。アルマも、おれとおなじように知っている。もうじき、みんなに知れ渡るだろうよ。おまえは黒ん坊にぎゃく・も・ど・りだってね！　肌ってやつは、新陳代謝を繰り返し、生まれては死んでいくもんだ。おまえのせいじゃないさ……だれも自分の肌がどうなるかなんてわかりはしないのだからな！」

ポーリーは泣き崩れた。照明の下で、すでに脊椎にそってかなり茶色くなった彼女の背中や、まだ色は薄いがなかば火照ったような両肩が見えた。首の周りの皮膚は磁器のようにひび割れ、斑らになっている花弁を思い起こさせた。顔はブロンズがかったベージュ色になっていた。

「エクセルシオールに帰るなんて冗談じゃないわ！　なんていってもわたし、婚約しているし！」

「そんなに長くではないさ！」

「わたしは言ったはずだよ。わたしたちは調子に乗っていたから、罰せられたってね」と叔母はため息まじりに言った。

「真っ黒な肌のニグロの女中を雇って、わたしたちがどれだけ白いか見せてやるというのはどうかしら？」とアルマは言った。

「ボビーと別れたくないわ！」とポーリーは呻いた。

「それで、おれたちは石を投げつけられ、コールタールの中にぶち込まれ、羽毛まみれにされるってか？　そんで家は放火される。そんなことをおまえは望んでいるのか？　で年取ったおれたちの両親は恥ずかしさのあまりエクセルシオールでおっ死んじまうってわけかい？」

「ああ、ボビー！」

見かねた叔母が口を挟んできた。

「わたしは、ある呪術師のことを聞いたことがあるのだけど……」

「そんなことしたらよけい悪化するだけだ」オクタヴィウスはにべもなくはねつけた。「ポーリーは、栗色になって、そして栗色から煤け色になるのさ。前におれは言っただろう、ニューオリンズのトミー・ラフォン養老院でおなじようなケースを見たって……あれは信心深いニグロ女だった……とりあえず、経過を見ながら、ポーリーは家にこもってくれるのが一番いいな。人がいる時は部屋に食事を持って行ってやればいいさ」

「じゃあ、踊りたくなったらどうすればいいの？……」

「ラジオがあるだろ……」

「じゃあ……」

「いい加減にしてくれ！」

「ああ！　下弦の月の時期に出掛けるなんてとんでもないことさえしなければ、こんな不幸なことはけっして起こらなかっただろうに！」叔母はため息をついた。

マッククラン家で開かれたお茶とブリッジ・ゲーム会では消えたポーリーの話題で持ちきりだった。

「彼女、お兄さんに閉じ込められているのよ……遺産でもめているのよ」

「ふた目と見られない顔になってしまった……癩病のせいよ！」

「頭がおかしくなってしまったみたいよ、彼女……お兄さんが『看護婦』を探しているのよ」

「ともあれ、ボビーはハーバードに戻ったわ。彼女には手紙は出さずに忘れることにしたって、わたしには約束してくれましたよ」とミセス・マッククランはぴしゃりと言った。

＊

真実は伝染性の熱病のように広まった。クリスマスになるとすぐにコーネリアス・クリーク中の知るところとなった。最初はブルーム家の面々はイタリア系の好ましくない人物でコミュニストだということだった。しかし、噂はついに行くところまで行きついたのだった。人びとは言った。やつらは、ニグロ、それも分際もわきまえず最良の名士の人びとのサークルの中にずけずけと入り込んできたニグロだ！　まったく、コーネリアス・クリークを奴隷の村かなんかと勘違いし、マッククラン家の館をプランテーションかなにかととり違えている、まったくもってとんでもない……。おそらく親御さんたちは自分の名前も書くこともできないような蒙昧な輩に違いない！　身分もわきまえず、自動車なんかに乗って！　ロバがお似合いじゃないのか？　おまけにカトリックだとさ！

猛り狂いながらも整然さを失わない北方人種たちによるブルーム家への攻撃が開始された。

「もう荷物をまとめるしかないだろ」南部での日々や黒人たちが吊るされた首くくりの

木を思い出して恐怖に陥った叔母が呻いた。

アルマはできるものなら、エクセルシオールにもどって霊柩車をしまったガレージに面した彼女の小さな部屋にひたすら閉じこもっていたかった。彼女は、ジョージア州を懐かしんでいた。まるでアフリカを思わせるような澄みきった空、墓標や、喪のしるしである棺を覆う布、ヤシの木、すべてが懐かしかった。ポーリーは想いを馳せていた。ストレート・カレッジでの幸せな日々を、そこでの輝かしい学業成績、化学実験室に漂う硫黄の匂い、親切なシスターたち。中庭で野球に興じる男の子たちの喧騒やミットをはめた掌に吸い込まれるボールのくぐもった音が、いまでも聞こえてくるように思えた。彼女は今では、疑いの余地なく混血女《ムラートレス》に逆戻りしていた。彼女の体がこんな風に退化してしまったのはどんな運命のいたずらなのだろうか？　彼女の兄と姉の白い肌がそのままであったのは、いったいどんな秘密の策略なのか？　血の錬金術の神秘というべきか。複雑な人種交雑にその原因を帰すべきか。人種の背後には、このような混合物を作り出すさまざまな情念があり、皮膚下に隠された分泌腺によるこの不可思議な作用を生み出したとでもいうのか？

ブルーム家の人びとはゴルフ・クラブのメンバー名簿から抹消された。コーネリアス・ホテルへの立ち入りは断られるようになった。教会では、最後の審判において白い天使は黒い天使に出会うことはないだろう、という説教が司祭によって繰り広げられた。

オクタヴィウスは歯を食いしばり、ぐっと耐えた。

出入りの業者はいろいろな理由をつけて彼らの屋敷にやってくることを次々と断ってきた。ここから立ち去るように促す匿名の投書が、毎朝と言っていいほど彼の元に届いた。

「こうなっているからこそ、おれはここを立ち去るつもりはないし、逆に親父たちを呼び寄せようと思っているんだ」とオクタヴィウスは言った。彼は、エクセルシオールで暮らすヴィクター・ブルーム氏宛に電報を打った。ブルーム氏は、ちょうど家業の葬儀屋を売却したところだった……オクタヴィウスは有色人種《カラード》のスタッフを雇い入れる広告を出した。彼はあえて人前に姿を現し、レストランで給仕を断られたりなどすると、民法を引き合いに裁判沙汰にした。白人《コーカソイド》たちはこのような態度を侮辱ととった。彼らの館の窓ガラスは、レンガとブローニング銃によって粉々にされた。ブルーム家の人びとは頑張って耐えた。彼らは明け方に出発しボルチモアまで足を伸ばし、食料品を調達した。ある日、帰宅すると家が荒らされていた。それからというもの、彼らは外出せず、窓ガラスを自分たちで修復し、家畜小屋からの食料で食いつないだ。彼らはブラインドを下ろし、その後ろでじっとすごしていたが、屈服したわけではなかった。彼らが最悪の事態を避けられたのは、コーネリアス・クリークが庶民的な街ではなく、住民たちの怒りが凶悪さにまでは至らなかったという事情があった。マッククラン判事やその友人たちといった老人たちは、遠くから拳を振り上げているだけで、それ以上のことはしなかったのである。このような状態は冬のあいだ中ずっと続いた。

春になると、地価が下落した。白人居住地域の近くに有色人種がうまく入り込み、そこから離れること拒むといつもそうなるのだが、ブルーム家の周囲は空き地になった。

初夏に差しかかるころ、マッククラン家の館が借家になった。判事とその妻は、この地から逃げ去ったのである。この事件は敵の陣営に衝撃をもたらした。

秋になると、フォレスト・ヒル中が売りに出された。オクタヴィウスは二束三文でまわりの土地を買い漁った。彼はニューヨークに出かけ、人びとと会い、街の中心街の近くに遊園地やサーカスやゴルフ場や暖かい海水を引いたプールを備えた黒人向けの避暑地を建設する計画について巧みなプレゼンをした。ハーレムの新興富裕層や、シカゴのブラックベルトの小商人たちは、禁酒法制定以来、もっぱら土地への投資へ軸足を変えていたこともあり、オクタヴィウスの持ちかける計画にやぶさかではなかった。大部数を誇る黒人新聞『クライシス』紙*はこの試みに好意を示し、資金集めのキャンペーンによって支援をしてくれた……

* Ｗ・Ｅ・Ｂ・デュボイスが編集長を務めた「全米黒人地位向上協会ＮＡＡＣＰ」の機関誌。一九一〇年に創刊。

オクタヴィウス・ブルームは、いまではひとかどの「ボス」になった。彼は朝からテキサス産のシガーを吸っていた。彼はマッククランの館を買い取った。そして、ことあるごとに「おれたち黒人は……」というのが口癖になっていた。資産は二百萬ドルほどまでに達した。ポーリーはニューオリンズの弁護士と結婚した。

しかし、この思いもかけない成功の元にある本当の原因を知る者は誰もいなかった。実は叔母が彼らの服の裏地に儀式用の小さな人形を縫い付けていたのだった。海千山千のニグロ女である老ブルーム婦人は、北部の文明にすぐに馴染み、いまなお健康だった。朝になると、彼女の寝床から、古いクレオールの歌のいくつものレパートリーの中にある「ああ、チントゥク」が聞こえてくる。これは、白人になろうとするが、そのための良い石鹸を見つけることのできないムラート女の嘆きを唄ったものだった。

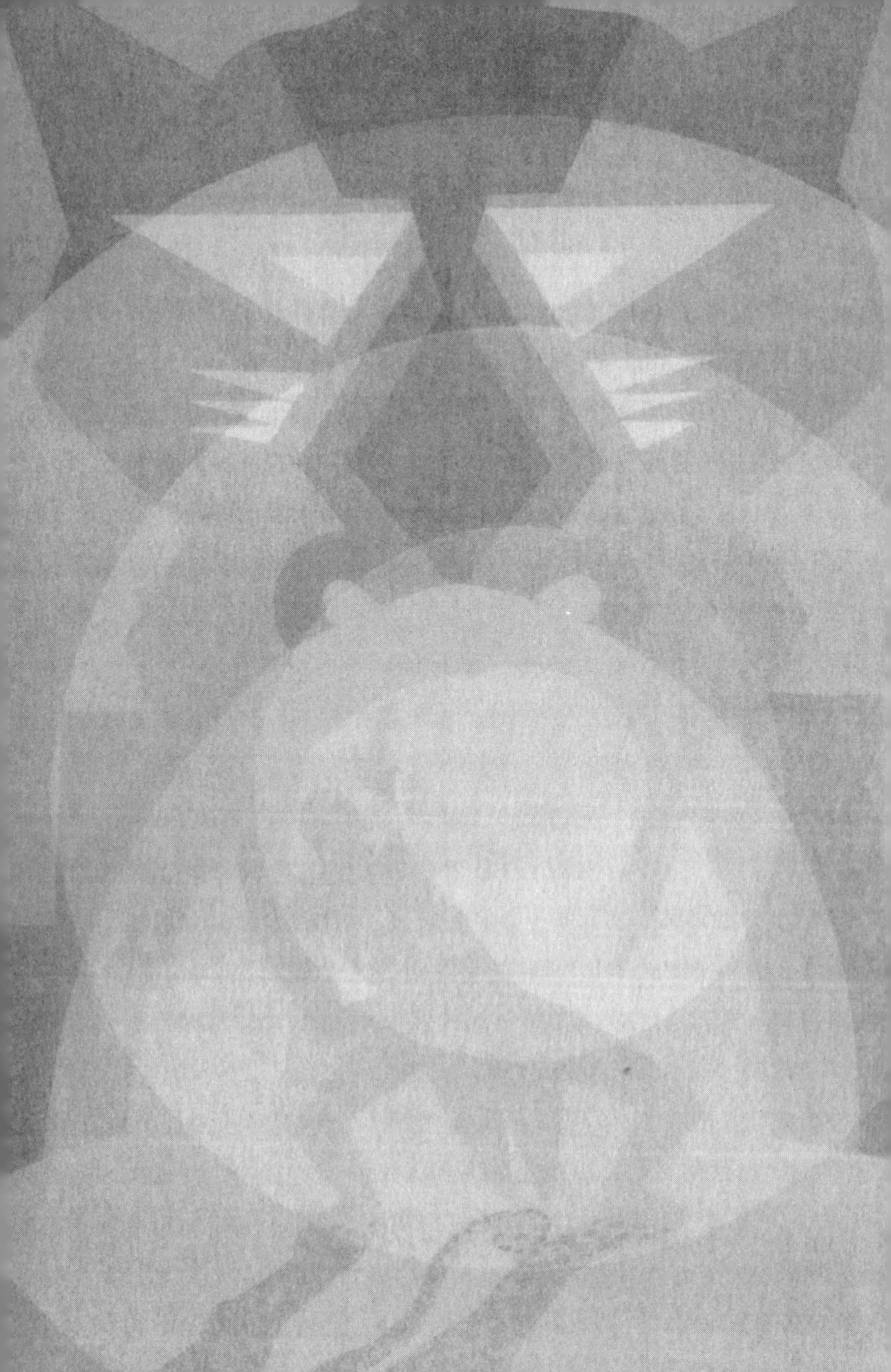

シラキュース、あるいは豹男

オレンジ色のタクシーがジャクソン・アヴェニューと二二番街通りとの交差点に停まった。五十歳くらいのローストしたコーヒー豆のような肌色の男がそこから降りてきた。レンブラントの名作《織物商組合の見本調査官たち》よろしく黒いフェルト帽をかぶり、黒いフロックコートに身を包み、ざっくばらんながらも威厳を帯びた身振り。舗道のところにやってくると、その奥まった距離を利用して、正面の建物をじっと見つめた。テラスが張り出したローズ・カラーの高層ビルで、ゴールドのハイライトの施された流行りのスタイルだった。蜂の巣穴のように窓が穿たれ、奥の方に二〇階までのすべての階でそれぞれ働くタイピストたちの姿が見えた。窓の向こうをさらに注意深く眺めると、あることに気づく。この建物の中のどこを見回しても、黒人しか見当たらないのである。

この紳士リンカーン・ヴァンプ博士は満足感に浸っていた。これを望み、実現したのはまさに彼だったのである。つまり、彼の人種のため、そのひとつひとつの階がそれぞれ彼の人種の活動だけのために作られた建物なのである。一糸の乱れもない完璧なモダン・スタイルを具現したものだった。混乱や不潔さや無秩序の時代は過ぎ去った。代わってやってきたのは、衛生的で、品位を備えたリポオリン塗料とニッケルの時代である。それまで南部の州の際限なく広がる平野にでたらめに振り分けられていた彼の同胞たちは、ここでは彼が払った細心の注意にしたがって垂直方向に詰め込まれたというわけである。彼はふたたび大通りを横切り、ニュー・ニグロ・ハウスの中へと入っていった。そこで目に飛び込んでくるのは、黄色い大理石でできた廊下、銅製のエレベーター、書類を送るための圧縮空気管、ゴム製の床材。すれ違う人びとはみな、目尻を下げてニカッと笑みを浮かべながら挨拶を送り博士に敬意を示すのだった。彼はいわばモダン・ワールドのリーダーだった。もはや「ボス」とか、親父とか大佐ではなく、ドクターと呼ばれることを好んだ。彼には始終指を固く組み合わせる癖があり、これは往年のポルトガル植民地の地方有力者であったカシケたちを思わせるものがあった。もっとも、これは彼がその効果を狙ってあえてしていたことなのであったが。彼の拳からは政治運動家特有の匂いが漂っている。実際、彼は民主党では名の通った人物であり、禁酒法や嫌煙キャンペーン、不品行撲滅、人種平等といった政策を支持していた。選挙資金を調達し、黒人のための地方日刊紙である『シラキュース・ヘッドライト』の編集に協力していた。彼は政治運動家ではあったが、政治家ではない。ニグロたちが夢中になるそこはかない預言者や神秘的な奇術師といったたぐいの連中とは無縁だったのである。

エレベーター・ボーイをしている若い奴隷の末裔に話しかけて彼は言った。

「電話交換手に言って、各階の守衛に私が到着したと伝えてくれ」

地下一階から薬屋と写真屋が上がってきた。地下二階からは床屋が。現在彼に取締役員室を提供してくれている北部ニグロ貯蓄銀行シラキュース支店が二階のフロアを使っていた。三階からは保険会社「黒人の蜂の巣箱」の従業員たちが降りてきた。四階からは、食品業共同の組合員、『アフロ・アメリカン・マガジン』などなど……この建物の二十あるフロア全てが人間工場の歯車の一つ一つを代表していた。ヴァンプ博士は、そこから自分が取り仕切る相互扶助組織を運営するためのエリート人材をリクルートしていた。彼はそこで「サムソン熱狂信心騎士団栄誉大指揮官」と名乗っていた。この組織には、テンプルと呼ばれる支部があり、さらにその下にあるのがロッジと呼ばれる下位組織の支部であり、果てはバッファローに至るまで地域のあらゆる場所に散在していた。

偉大なリーダーを取り囲んでいる琺瑯のような白い目をした百もの浅黒い顔。茶色、薄茶色、その中間と色とりどりだ……さまざまな血の溶けまじりあいを通して不純な結合と錯綜した情事が三世紀ものあいだ繰り返されたにもかかわらず、あちらこちらに原初的な痕跡がいくらか残されていた。サバンナの民特有の開けっぴろげな雰囲気や、人懐っこく、笑いを絶やさないところや、巨大なジャングルの奥深くに隠れるように生を営んできたものたちの末裔特有の疑り深い表情などがそれだ。

博士はフェルト帽を脱ぎ、灰色になったアストラカンのような巻き毛を掻き、あごひげを引っ張りながら、話し始めた。

「ブリュッセルで開催されるパン・アフリカ会議に出席するためにヨーロッパへと出発する前に、私は諸君らのために現在われわれが置かれている状況を手短に説明したいと思う。もちろんわれわれの地方が置かれた状況、という意味だ。私は机上の空論に終始する無駄口叩きではなくリアリストだ。なによりも事実（それこそ、ディケンズが書いているように、理性を与えられた動物にとって唯一の栄養なのだ）。私がこの街を取り仕切るようになってからというもの、この数年ここシラキュースでは、諸君はみな、劇場や病院や白人の労働組合への入会を拒絶されることはなくなった。私たちが住む地区は、少なくとも年に一度は放火事件があったものだ。黒人のリンチは二週間を空けずに頻発する娯楽になっていた。仕事にはありつけず、われわれは路上で暮らすことを余儀なくされていたこともあった。われわれに声をかけるものなどおらず、われわれの座席の周りにはぽっかりと穴が空いていたものだ……。諸君らは知っているだろう。五回もの失敗を繰り返した後、どうやって私が大学の扉をはじめてこじ開け、試験に合格したかを（私のこの成功は、諸君がおなじ成功を享受できてはじめて価値を持つものなのだ）。職業訓練学校が開設され……道徳心は高められ、貧困との戦いは続いている。これこそ私の得意分野なのだ。私は、かつて黒人を忌み嫌う小都市だった頃のシラキュースを忘れない。しかし今日、黒人が愛されるとまではいえないものの、一目を置き尊重される大都市に様変わりした。博愛主義者の憐憫のおこぼれを与《あずか》りながらの感傷的な泣き言を繰り返す時代……」

「『アンクル・トムの小屋』のことだろ！」誰かが嘲るようにさえぎった。

「……まさにお察しの通り……そんな時代はもう終わりだ。われわれのスローガンは『すべてはわれわれ自身の力で手に入れる！』だ」

「そうだ、彼の言うことは正しいぞ！『ニグロは図体だけでかい子どもだ！』なんていう紋切り型とはおさらばだ」

「南部では農民をしている黒人だが、ここ北部では都市生活者だ。同胞諸君、都会は人びとの自由を揺籃する場だ、それを忘れてはならない！　諸君は、私とおなじく、われわれの受難を知っている。平等か分離か、国家の中にある国家か外国を植民地化するか、黒人問題のあらゆる側面に諸君は通じており、それが解決可能であることを知っている。だが、まずは共に星条旗を前に忠誠を誓おうではないか！」

ディクシーを口ずさむ声が上がった。

「黒いアメリカとなっても、アメリカであることには変わりあるまい！　前にいったように私はモスクワから資金提供の誘いを受けたことがあったが、アメリカ黒人労働者会議の際に、どのようにそれを断ったかをご存知のことだと思う（もっとも彼らがくれようとしたドルは贋金だ）。私の計画は変わらない。革命はなにも生み出さない、教育こそがすべてであると……（農耕に例えた長い比喩が続く）……奴隷商人たちが諸君の先祖を連れ去ったアフリカの海岸、ギニアの小さな島、そこにはいまなお鎖とヤシの木が見える。それは甘美な思い出だが、過ぎ去ってしまったことだ。そう、エマーソンもルーズベルトも、カーネギーだって類人猿の末裔だ。彼らの偉大さは、父祖の洞穴をきれいさっぱり忘れることができた点にある。われわれは、アフリカを忘れることができる限りにおいて、彼らと肩を並べることができるだろう。黒人にとってのいちばんの大都市は、トンブクトゥではない。それはニューヨークにあるハーレム地区だ。口述録音機、ラジオ・コンサート、飛行機と、諸君、われわれを取り囲んでいるものが見えるだろうか。そういったものこそが、モダンな黒人の道具なのだ！」

七月の嵐によって大気は重苦しく、窓という窓、扉という扉は、給仕のボーイたちやタイピストの娘たちといった鈴なりとなった何百もの人びとで塞がれていた。ブロンズや黒檀のように輝く彼女たちは、青みがかった緑色のパーケールでできたコサージュをつけた黄色のモスリン生地の服に袖を通し、コーンカップに入ったアイスクリームを舐めていた。リンカーン・ヴァンプ博士は、ときおりピンク色の舌が彩りを添えるラウドスピーカーの中身のような真っ黒な大きな口を閉じた。そして彼は会衆に彼のかりそめの遺言を渡した。それはプラカードで、ゴシック体の文字で以下のような訓令が書かれていた。

二十世紀の黒人シラキュース市民たちよ！

魔術を信じることなかれ、
嘘はつくことなかれ、
妻子を忘れることなかれ、
自分が住んでいる場所を忘れることなかれ、
諍いを暴力で解決することなかれ
ポケットに酒瓶を入れて持ち歩くことなかれ、
亡霊に向けて引き金を引くことなかれ、
黒人の地位向上のために組織に加入せよ、
進歩を信じよ、
『シラキュース・ヘッドライト』紙を毎日購入せよ。

歓声が上がった。博士は聴衆に取りかこまれた。年老いたニグロたちが彼の手を握りしめた。若者たちは彼を歓呼して迎えるために口笛を吹いた。旗が振られた。サムソン騎士団のメンバーたちは翌日の再会を誓いあった。金色のユニフォームを身につけ、槍と犀の革でできた盾を持った人びとの「パレード」がシラキュース中を練り歩き、リーダーを駅まで見送りに行くことになっていた。

ブリュッセル

パン・アフリカ会議の列席者たちは博士を熱狂的に迎え入れた。この日は、貧困撲滅運動都市委員会の会議が開催された。参加者は、シェラレオネの大臣ミスター・ジャック、ハイチのジェルミナル・ラ・プランシュ氏、ダオメの王子ブスー二世、季節ごとに変わる首都間を借款を求めて移動するノマドであるリベリアのクリストファー・バスケット氏、マドリガル詩の書き手でもあるグアドループの代議士ペタルク・アナル氏、ハバナの有名な好色漢セニョール・ペドリート・グアノと言った面々。

マダガスカル代表が到着した。ザンジバル代表の到着はまだだ。

委員の一人がネウオレ語の教訓話のスタイルで話し始めた「ア、ア、ヌ、ネンブル、ブリウアゴ、エ、ゴ、ギェ、コ、シカ、ジュ、ア、ヌ、オ、カ、オ、シカ、バ、ネンブル、ア、ネ、オ、ネカ、ウロ。ジュ、ウル、クラ、ゾ、ア、ニミリ、フェ、ル、ニミリ、エ……」

つづいてハイチのジェルミナル・ラ・プランシュ氏がフランス語で言葉を継いだ。彼は外側からはわからないが八分の一黒人の血を受け継いでおり、禿げ上がった頭をしていた。喋っている彼の口は傷口のようだった。彼が色の白いニグロだとわかるまで、いったいどんな奇妙な病気にかかっているんだろうとしばし思案に暮れさせるほどなのである。そう、彼はルネサンス期のイタリアで墓石を支える恐ろしいほど醜い大理石でできた黒人像に似ていた。正反対のもの二つに引き裂かれ、三つの大陸から引き離されて、彼は白人へ対する憎しみを、とりわけアンティーユ人として、アメリカ合衆国への憎しみを迸《ほとばし》らせていた。

「われわれの偉大な同志が、今しがたみなさまに語りかけてくれましたその言葉を私は理解することはできませんでしたが、その語り口からキケロを思わせる素晴らしい演説であることがたちどころにわかりました。血に飢えた金融オルガルヒの猟犬どもの罠にかけられ、帝国主義実現への途上で勅許会社*を経営する封建貴族どもによって囚われの身となった黒人プロレタリアに解放が訪れる日を待っています……一七八九年にブルジョワに対して行われたこと、一九一七年に労働者に対して行われたことが、次の世界革命では有色人種に対して行われることでしょう。すでに虐げられた者たちがいたるところで勝利を手にしています。黒人問題とは、社会問題、すなわち階級闘争の別の一面にほかなりません。白人の貴族制を打ち破って黒人の民主主義を。そうなのです、聴衆のみなさま、大衆の時代と私たちの時代がぴったり一致するのは偶然ではないのです。というのも、われわれは群衆の中でも飛び抜けて稠密で硬い、群衆の中の群衆なのです。驚嘆して目を丸くする全世界の人びとにもっとも古い集団主義、そうアフリカの集団主義を教えたのはほかならぬ私たちではありませんか。そこにあった大地は、血の一滴まで搾り取ろうと至るところにやってくる植民者や強欲な軍人たちが腐敗した教義が入り込むことをけっして許しませんでした。私たちの大地は手《て》懐《なず》けられることも売り渡されることもなかった私たちの女神なのです」

＊　王の庇護下で奴隷貿易を行っていたフランス西インド会社や王立セネガル会社などを指す。

「まさにその通り。土地を欲しがるものは誰もいない……ただ彼らが欲しがったのは富と奴隷だ」。ダオメの王子ブスー二世は応じた。

「ロシア革命に乗じて、アフリカを取り返す準備をしようではないか。われわれの先祖たちがフランス革命に乗じてサン＝ドマングをまんまと取り戻したように。マーカス・ガーヴェイを牢屋に入れた者たちは恥を知れ！　サッコとヴァンゼッティを電気椅子送りにした者たちは恥を知れ！　ニカラグアの処刑人どもに唾を吐きつけてやる！」

「リベリアの名において私は抗議します！」とバスケット氏が、腕をバオバブの木のように伸ばして発言を遮った。

「リベリアですと？　ああ、白人たちがアフリカに贈ってくれたプレゼントのことですな！」ド・ラ・プランシュ氏は嘲笑った。

「ハイエナの子どもが」王子ブスー二世が呟いた。ダオメの小話で先ほど声を荒げた理由を説明しはじめたのである。「骨を集めて、ハイエナの母親に見せたそうな。『お父さんはそれを見たのかい？』という質問にチビが『うん』と答えたら、『お父さんが見たなら、それは捨てちまっていいよ、どうせなんにも残っていないんだから！』と言われたそうな」

「アフリカ　アマ　ングシ！（アフリカ訛りの英語だな）」ズールー族の男は嘲笑った。

「マリナ　ニ　アジ！（彼の言っていることは正しいぞ！）」マダガスカル代表は叫んだ。

「諸君、静粛に！」

「バラ　ヤ　アフリカ　フジトシャ　フオンゴケワ　ハッタ　イシジェ　トレワ　ヤンジェ！（アフリカはわれわれだけでうまく回っているぞ！）」と誰かがスワヒリ語で叫んだ。

「アラ　グベ！　追い払え！」マンディンガ語で叫ぶ声がした。

「クジューラ！　確かに！」とジョーラ語で話す声が聞こえた。

ヴァンプは、何を言っているかわからぬまま、この野蛮な言葉に耳を傾けていた。「合衆国の文明は、連中よりも五百年は先に進んでおるな」と彼は考えていたのだ。確かに、シラキュースでは、ときどき恨みっぽい気分になったときはなによりもアフリカ系であることを自認することができた。しかし、ほかの黒人たちと一緒にいてただならぬ距離を感じるやいなや、自分は何より偉大なアメリカの自由民なのだ！　と吹聴せずにはいられなかったのである。

シェラレオネ代表のジャック氏は立ち上がった。

「このようなつまらぬ諍いは忘れましょう、みなさま！　リンカーン・ヴァンプとは、科学的厳密さや正確さを表しているのです」

「そして、絶対的実証主義もですぞ！」とグアドループの代議士がさえずるように声をはさんだ。

「……わたしは委員会の座長に彼を選出することを提案します！」

アメリカ代表のシャツが誰よりもピシッと糊が効いていたという理由で、彼は喝采を浴びながら選出された。

リンカーン・ヴァンプ博士がヨーロッパを目にしたのはこれが初めてのことだった。この大陸は新大陸の人びとがヴァカンスに訪れる場所なのだ。ベルギーの田舎は日曜日朝の日差しを浴びて輝いていた。スピードを上げ電力を浪費する様子もないまま郊外を走るトラムは終点の駅に滑り込んで行った。いつものフロックコートに身を包み、ボタン穴にパン・アフリカ会議の標章である緑色の星のかたちをしたバッチをつけ、博士はテルヴューレン行きのトラムの一等車両の座席に満足げに坐っていた。前日に会議の出席者全員にべルギー政府がベルギー領コンゴを扱った博物館の招待券を配っていたので、博士はさっそくそれを利用したのだった。トラムは森を横切った。松の木の高い幹の間から斜めに木漏れ日が差し、露で湿った美しい羊歯の上に吸い込まれていった。このシラキュースの大将の鼻腔はこの爽やかな水と草の匂いを吸い込まんとしていっそう広がっていた。磨き込まれまどろんだこの木々は原初の世界の胸躍るような香りを放っていた……小一時間ほどして、トラムは公園の入り口に止まった。公園の奥の方に、荘重で絢爛な宮殿が広がっているのが見えた。彼はこのアカデミックな建築が気に入った。アメリカの役所に使われている建築物を思い出させたのである。これがテルヴューレン王立博物館だった。かつては王族の居城として使用されていたが現在はニグロ博物館がそのなかに設置されていた。

　建物のガラス屋根は光を貯めた浴槽のようだった。その下には、過剰なほどの西洋的な飾り付けやモールディングを過度に施した浮き彫り装飾に囲まれながら、日常的な身の回りの仕事道具や、不吉な沈黙によって人を圧倒する武器が置かれていた。未開世界の呪物に囲まれた彼の目の前にアフリカが立ち現れてきたのである。ベルギーの約四十五倍という広さを持つ処女地に、髭を蓄えた悪賢いレオポルド王の威光が影を投げかけていた[*1]……展示されていた布地には、オーカー色、濃褐色、セピア色といった抑えた色調で幾何学的な模様が描かれ、凛とした品格を漂わせていた。貝殻で装飾を施された椅子、対になった女像をモチーフとしたテーブル、黒い籠細工品などが、ガラスケースに入れられ、こちらを見下ろしていた。数々の楽器、「ジーグフェルド・フォリーズ」[*2]の登場人物ばりの被りものや、下品な仮面を見て、博士はおもわず大きな笑い声をあげてしまった（彼のレパートリーには微笑などというものは存在しなかったから）。

＊1　ベルギー領コンゴ（現ザイール共和国）を指す。ベルギー本土の四十五倍の面積を持つこの植民地は当初コンゴ自由国と呼ばれ、ベルギー国王のレオポルド二世が自身の私有地として支配し暴政の限りを尽くした。

＊2　一八九〇年代から二十世紀前半にかけてシリーズ化していくレヴュー・ショー。後にミュージカル化や映画化された。タイトルは考案者のフローレンツ・ジーグフェルドにちなむ。

彼は腰を下ろし、傍にフェルト帽をおくと、あご髭を指で捩りまわした。視線を上げると、コンゴ河を描いたフレスコ壁画が目に飛び込んできた。すみれ色とサフラン色を基調とした物憂げで陶然とした水面の風景は、崇高さと静寂を漂わせており、彼に強い印象を与えた。前世のことであったか……彼はこの風景を以前に見たことがあるような気がしていた。彼はよく戸籍に記載された自分の身元を誇らしく思っていた。自身の生年月日だけではなく、アラバマ出身のメソジスト派の聖職者であった父の名を知っていたのだった……祖父に関しては、若いころジャクソンヴィルで行われた競売で買い取られたことまではわかっていた。それ以前の先祖に関しては、まったく杳として知れない……また漠然と受け継がれてきた「コンゴ・ダンス」について子どものころに聞いたことも思い出した……彼の祖先はおそらく、赤道に押しつぶされて糖蜜のようにゆるやかに流れるこの大河の岸辺からやってきたのだ。あたかもポトマック川のようなこの河は、いくつものフレスコ壁画に、繰り返しモチーフとして描かれていた。ニグロ女のワギナを思わせる深くえぐれた河口を持った大河だった。陰鬱な太陽、マホガニーの木々、秋の大洪水。アフリカには、アメリカのような貧しさもなく、廃墟もない……。小舟を水面に浮かべようとしているふたりの裸の野蛮人たち、彼はこの人びとの末裔だったのだろうか。彼は、この人びとの悲惨な運命に思いを馳せた。奴隷商人から逃げ出した彼ら。追放刑の刑期が終わらぬ前に帰還した罪を問われる「脱走」ニグロたち。飢饉。毛皮や羽毛ごと生のまま餌食として貪り食われた動物たち。彼は現在と過去の間、つまり掘っ建て小屋と摩天楼の間、ラフィアの腰蓑とフロックコートの間を、愉快げに行ったり来たりしていたのだった……遠くに見える原住民たちの織物はまるで生きているように見えた。豹の斑点模様、シマウマの縞模様、キリンの蝶の羽のような模様、虎の毛皮の模様、レイヨウの毛皮の図柄などなど。それらの布地は職工にインスピレーションを与えた自然のモチーフへとなりきってしまっているかのようだった……博士は、こういった動物たちがさまよう広い空間を思い描いた。その獣たちに近づきたい、撫でまわしてみたい、そして命を奪ってしまいたいという気持ちがふつふつと湧き上がってきた……そうなのだ、ここにある呼びかけのための角笛、動物の骨でできた釣り針、網目の細かい上等な筵、針のような筋が入って縫い合わされたようなアカシア樹皮でできた衣装、籠細工。それらは、まさに海や森や動物たちから借りてきた高貴なマチエールでできており、観賞用ガラスの向こうにあっても、その本質とともに、さまざまな徳をいまなお保持しているように見えたのだった。ウールワース社の安ピカものに慣れきっていたヴァンプ博士は驚きに両眼を見ひらいた。冷たい金属の触感に馴染んでいた彼の両手は撫でまわすように、そこにある硬質な木や柔らかい木の手触りをじっくり味わっていた。まるで洞窟のようにいつもひんやりと奥行きを感じさせるニグロ女のすべすべしたむき出しの肌のようだった。彼は後頭部がカッと熱くなるのを感じた……労働や苦しみから生まれた健康な芸術だった。まるで彼の国のブルースのように、なによりも集団としての人びとのものだった……博士は楽器に近づいた。ここにあるのは、メッキが施されたサキソフォンでも、電子オルガンでもない。亀の甲羅から作った竪琴であり、瓢箪をくりぬいて作ったギターであり、ワニ皮のマンドリン、象牙製の角笛、蛇の革からできた銅鑼だった。人間は自然の力を借りて動物と協力し、動物は人間が自己を表現することを助けているのである。

つづいて、扁平で足指が離れているニグロの足のためだけにあたかもあつらえたようなアメリカ製のレディメイドの靴を履いたヴァンプ博士は、逆立った毛皮を着て全身に釘を刺しサーカスの道化師のように目の周りを白く隈取った呪物たちの間を、ゆったりと歩いていた……。族長たちの墓の副葬品である水牛の頭を模した小像。そこから突き出た捩れて高く伸びる二本の角は、悲嘆にくれた泣き女たちと同様に、彼に強い印象を与えた。結局のところ、単なる運命のいたずらなのだ。もし、曽祖父があの日、木陰に隠れてアラブ人の奴隷商人たちや、ポルトガルの旅商人のポンペイロたちから逃げおおせていたならば、リンカーン・ヴァンプ博士はバクバの族長になって、足元にうずくまった男を踏みつけながら裁きを下していたかもしれない。または王妃たちの称讃を浴びながらパイプをふかしていたかもしれない。もしくはまたは小国モンゴの王になって外を見晴らすことのできない小舟のような狭い石棺の中で最期の眠りを貪っていたかもしれなかったではないか……彼は、シラキュースの墓地で、工場のせいで青みがかった花崗岩のような空の下、むき出しの十字架の墓標の下に葬られる自分自身の最期の日に思いを馳せた……十字架といえば……むかし三流雑誌かどこかで読んだことがあった。このシンボルはアフリカから白人に伝えられたのであり、その前はオセアニアからアフリカにやってきたものだったそうだ……彼は仮面のコーナーを横切った。それらは秘められた社会のシンボルであり、ジャングルの奥深く行けば行くほど美しさを増していった。青や黒や白といった色のついた真珠をはめ込んだ仮面、ラフィアでできた髭をたくわえ、深海魚のような筒状の目をもった仮面、秘密のカーニバル用の格子縞で仮面、黒檀のマスク……（彼は解説を読むために近づいていった）……緋色の眼鏡のようなものがついたぞっとするような口籠とでもいった不可解なスタイルで塗装が施された被り物は、同心円を描くような浮き彫りの刺青を入れたバルバ族のものだった……彼は戦慄した。シラキュースでは、ニグロの住民たちは感謝の意を表して、博士をよく「お医者のヴァンプさん」と呼んでいた。いまの彼はひとを幻惑させるような爛々と輝く目をしていた。古参の植民者たちが村々の秘教的な呪物師たちの中に見ていた野蛮なきらめきを秘めたあの目だ。近代的なビルを建設し、新聞社や銀行を設立した彼もまた、砂漠地方で敬意をわが身に一身に集める雨乞師や獲物をモノにするための媚薬の調合師（というのも彼は、あらゆるもののなかでいちばん手に入れることの難しいドル貨幣を意のままにモノにすることに成功したのではなかったか）たちの末裔であるかのように感じていた。しかし、動物の毛皮で作ったこれらの覆面や、氏族の守護動物の像がそそり立った四つ足動物の飾りをつけた被り物を前にして見ると、彼のサムソン熱狂信心騎士団栄誉大指揮官の金の刺繍の入ったマゼンダ色のユニフォームはなんと間抜けに見えたことだろう！　階段を登りきったところで、象の皮を張った大砲のように大きな太鼓がいくつか目に入ってきた。掌で叩いてみると、洞窟の奥から響いてくるような音が聞こえた。森の精霊たちが歌っているような音が轟き続けた……彼はさらに巨大な、からっぽの樽のような戦用の太鼓の方へ歩いていった。足で蹴り上げてみた。すると、あまりにも気味の悪い虚ろな音が生まれ、反響していきながら、博物館の隅々にまでその不吉な雰囲気を広げていった……

おそらく昼食どきだったからであろう。どの展示室にも観覧者はおらず、守衛はうつらうつらしていた。ヴァンプ博士はどうしてもその場を立ち去ることができなかった。不思議な香りがその場に漂っていた。ガラスの天井の下では、アフリカそのものがどこもかしこも、その独特な音楽性と野蛮さを伴いながら、囁き、呼び声を発していた。幸福というものの素朴で調和に満ちた表現がそこにはあった。それは自分のものである環境と土地から根こそぎにされたことのない、神の思し召しによっておかれた場所でそのまま生を営み続ける人間の幸福だ……。黒人の呪術師たちは古い呪物に価値を見出していた。時を経るほどにその効果が増し、目に見えない力がそこに加わっていくからだった。この場にある儀式の道具や物神は、それが醸し出す雰囲気から察するに、何世紀もの前に作られたもののはずだった。ここにあるフリントの石刃のついた槍、ここにある錆び付いた何本もの釘は科学の本や白人たちの祈禱などよりもずっと物事の核心を穿つ力を持っており、メソジスト教会で神と呼ばれている偉大な唯一の原理にずっとはやく達していたのだった。存命中だけではなく死後に彼らがまとう衣というべきものになるアフリカの信仰が、このシラキュース市民の中に、目覚め始めていた。このような呪われたボロを身にまとうすべての占い師や降霊術師、この瓢箪に閉じ込められたすべての魂、呪文とともに小さな袋の中に滑り込まされた死者の髪の毛、そういったものが蘇り、合図を送ってくる……それは言う。「逃れよ。おまえが住む地を離れよ。おまえが実り多き土地だと思っているものは錯覚にすぎない。そこに建っているのは廃墟だ。そこでの進歩は単なる威光のひとつにすぎない。そこにいてもおまえは吸血鬼になるだけだ。木々や石たちが聖霊の名において語りかける土地へ戻れ……」

ヴァンプは、モルタルの壁の上につづく赤い幾何学的な円形模様の装飾が施された二列に並んだ小屋の間にいる自分の姿を見た。黒人たちは大空の下で裸のまま恥ずかしげもなくあらゆる生の営みを送っていた。ぺしゃんこの鼻から、彼はパーム椰子油で作った鍋から立ち上るシチューの匂いを吸い込んだような気がした。マニオクの幹をくりぬいて作った杵のくぐもった音も聞こえてきた……正午、ニグロの村に静けさが広がる。神秘的なオーラに身を包まれた偉大な呪物師となった彼が歩みを進め、独特の訛で神託を唱えた。人間たちや彼らの生きる喜びにたいする軽蔑をあらわにしながら、精霊の仲介者である彼が喜んで彼らに告げるのは、干ばつ、飢饉、熱病だった。この上ないほど淫らな性愛の欲望を喚起し、自然に悖《もと》るような見世物をながながと続けたのち、不妊の女たちを叩くのだった。彼はいまではすっかり忘れ去られてしまった儀式に則って割礼を施していた。彼はシロアリの巣のようにうずたかく積まれた陰茎の包皮とクリトリスの山の方へと進んでいった。彼は自分が逞しく意思の強い男になるのを感じた。しかし、それは彼の意思や彼自身の力によるものでもなかった。あらたな存在が彼に憑依したのだ。彼がおこなっていたのは、もはや暴力を人間的なものにやわらげ、さまざまな宗教の原型となっている白魔術ではなかった。そうではなくもう片方のものだった……もはや彼の怒りを鎮めるものはなにもなかった。というのも、急に彼は害をなす存在、生そのもののような存在に変わっていたからだった。

とつぜん、道のうえの粘土質になったところの中央部分に彼はインク壺をひっくり返したような大きな染みがあることに気づいた。用心をしながら――というのも彼は慎重になっていたから――前へと進んだ。それは彼のフロックコートだった。彼はそれを手で触らずに匂いをかいだ。彼が近づくにつれて、彼の体は陽光の下に晒された。すると、ひとつの影が、巨大な影が燃え上がるような土埃のなかにくっきりと浮き上がった。その影には、とんがった二つの耳と四本の脚と尻尾がついていた。一匹の獣が彼の後をつけていたのである。ヴァンプはあとずさった。すると、影もあとずさった。そのとき彼が自分の両手をみると、爪が鉤爪に変わっていることに気づいた。彼は体を触り、短く刈り込まれ絹のように柔らかい毛並みに触れてみた。不意に後ろを振り返ると、尻の先に背骨が彼を見つめる百もの目のような茶色の染みに覆われて伸びているのが見えた……

叫び声が響き渡った。「ヒョウだ！」彼は犬たちに噛みつかれ首筋が裂けるのを感じた。彼の背後では、フロックコートが這うように駆けつけ、可能な限り彼を助けようとでもいうように近づいてきた。警戒を促す太鼓の音が雷鳴のように轟いた。おなじ瞬間、左の方から放たれた投げ槍が煌いたかと思うと、彼は脇腹に耐え難い痛みを感じた……

翌日の月曜日、ヴァンプ博士が委員会に現れることはなかった。次の日もしかり。ベルギー警察は捜査をはじめた。守衛たちの証言によれば、午後二時ごろ、頭のおかしい大男のニグロが唸り声をあげながら博物館から出てくるのを見たという。

第三部　アフリカ

さらばニューヨーク！（コート・ジヴォワール）

ジョルジュ・オーリックに捧ぐ

薔薇色と黒色の宝石の……

ボードレール

I

霧と湿気に包まれたクリスマスの晩。高台にある街から河の方へ下りるにつれて霧はますます深くなり、寒さも増してゆく。ニューヨークの「アメリカン・アトランティック・ライン」社のドックには、「マンモス」号が係留ロープで固く繋がれている。三万トンの船体を持つこの船は、この会社の所有する豪華客船の中でも最新のもので、その美しさにおいては一、二を競う。冬の間は、ニューヨーク・ヨーロッパ間の航路から外され、この期間は富裕層向けの熱帯地方へのクルージングに回されることになっていた。六一番のボーディング・ブリッジの入り口では、一枚の黄色いポスターが、凍てつく霧の中から陽光が漏れるがごとく、人目を引いていた。ダチョウの羽を頭につけたズールー族の男が伝統的な襞模様のついた盾を振り上げた姿がオーバーラップしたポスターには以下のような言葉が書かれていた。

アフリカ・ツアー　二万八千マイルを九十七日で！

アフリカを丸ごと。漆黒のアフリカを！　巨大なハンティングの獲物のいる国……獰猛な戦士たち、黒檀の肌をした部族民……ザンベジ川の滝あるいは轟音とともに立ち上がる水煙……モザンビークのアラブ人の徴税請負人たちの住居を訪れてみましょう……いつでも花咲き乱れるケープ岬、キンバリーとそのダイヤモンド鉱の採掘場をご覧あれ……こまかい石英岩でできたヨハネスブルグの山々……ポート・エリザベスの蛇使い……トランスヴァール共和国の首都プレトリア、クルーガー鳥獣保護地区とかの地の長いパイプ……採石所の石材の上に立つセシル・ローズのようにブラワヨを見渡し……ザンジバルではおもいきり深呼吸をしてクローブの香りを満喫しましょう……サンゴ礁の島モンバサ……サイたちの王国であるケニア……ナイロビとかの地のヴェールに身を包んだ女たちはぜひ見るべきでしょう……ヴィクトリア湖と旅客機、月の山脈ことルウェンゾリ山地……ウガンダとそこに住まうカバたち……ナイル川！旅行者のみなさま、アメリカン・アトランティック・ライン社の魔法のカーペットにお乗りあれ。そこにあるのは洗練と快適さと最新設備です。マンモス号はたんなる大型客船ではありません。二百名のみなさまだけの真のサークルであり、会員クラブなのです。誰でも入れるわけではありません。あまたある会員制クラブの中でもっとも入会資格の厳しい、「とっておき」の秘密クラブなのです。

マンモス号は最初の汽笛を鳴らした。夜霧のなか、明かりがすべて灯った舷窓から漏れる光がきらめいていた。そこからは柔らかな絹をふんだんに使った高級な木材製の客室が見えた。大型客船のボイラーは始動し、燃料油がだす煙を四本の煙突が吐き出していた。下の方ではライトが水面を照らして霧を散らしていたが、上の方では黒い煙が夜をいっそう重たくさせていた……二回目の汽笛が鳴る。こんどはウィンチ作業の音が聞こえなくなるほど大きな音がした。

十分後には錨が挙げられることになっていた。

スチュワードの一人がパーサーを見つけてやってきて姿勢を正しながら言った。

「デッキAの二号室にはまだ誰もいません」

パーサーは船内図に目をおとした。上部デッキは特上の豪華客室が二部屋あつらえてあった。片方の部屋にはすでにボストン出身の上院議員であるA・H・アップルジャック氏の家族が入っていた。もう片方の部屋には、居間とプライベート・キッチン、さらに浴室がふたつと寝室がふたつ付いていた。そこはニューヨーク出身のミセス・ルイセットの名前でメイドの分も一緒に予約されていた。

三回目のサイレンが鳴り響いたときに、二人の女性が現れた。すでに船倉の奥にまで届くように鐘が鳴らされ、乗客と別れの挨拶をするために乗船していた人たちに船から下りる時間であることを知らせていた。『ニューヨーク・タイムズ』誌の社交界欄担当の女性記者が大型豪華客船の旅立ちを「取材」していた。とびっきりの微笑みを浮かべながら、プロならではの自信を持って、二人連れの女性客のひとりに近づいた。

「今日みたいな天気の日にアフリカにご出発できるなんて、ご運がよろしいですね。ミセス・ルイセット」

その若い女はミンクのコートにぴったり身を包んでいた。そのくぐもって鈍い光沢のせいで、舷門にたつとその顔は蒼ざめて見える。青白い顔にくっきりと赤く浮かぶ唇が開かれる。顔を鼻の位置まで覆うヴェールのうしろではエキゾチックな目が輝いていた。

「マダム・ルイゼというのよ。わたしのフランス人のメイドの名前はね。部屋を予約したのは彼女なのよ」

「あなたがニューヨークのご出身かどうかもあらためてお聞きしなければなりませんか?」と記者は尋ねた。

答えが返ってきそうになった瞬間、ボーディング・ブリッジが動いた。ひとつ間違えば、彼女は空中に放り出されてしまうところだった。インタビュアーは間違ってニグロの国に――そうでなくとも、ニューヨーク湾内のスタテンアイランドのパイロットボートに――まで連れて行かれてしまうかもしれないという不安と自分の義務との板挟みになった。彼女が逃げ出した時には、大型客船はスクリューを作動させようとして振動しており、歯車のついたウィンチが、腐った卵のような匂いを漂わせながら、海底から錨を引き上げていた。

II

二日目の終わり。ノース・カロライナのハッテラス岬を通過する頃になると、大気は暗く生ぬるい感じになった。舞踏会のあと、ロレーン・アップルジャックは甲板にでてパイプを燻らせていた。長椅子はすべて折りたたんで片づけられており、幅が十メートルで長さは百メートルほどの大きさの木製デッキは、みごとな運動場となっていた。深夜二時。裸体を鏡に映す就寝前の女たちの影が船室の窓の曇りガラスのうしろに見えた。それから、明かりがすべて消えた。そうなると高くなったり低くなったりする壁のような海があるだけだった。静寂。ただ、片づけられていないいくつかの清掃道具だけが、四台のスクリューが大きないびきをかきながら眠りこむ船体の脇のあちらこちらに落ちていた。
ローレン・アップルジャックは、ハーバードで学業を修め、母と妹とともにアフリカ・ツアーに参加していた。ハンサムなスポーツマンだった彼はラクロスのチームのキャプテンとして、また学生たちが運営していた風刺新聞の編集長として、いくつもの娯楽絵入り新聞の表紙を飾り、その名声を不朽のものとしていた。彼はマサチューセッツのピューリタンの超富裕層の大学人の家系の一員だった。前途洋々の青年であり、旧友たちとの食事会、アカライチョウ狩り、社交クラブへの出入りと多忙な毎日を送っていた。風の音のせいでなにも聞こえなかったが、彼は誰かが自分の後をついてきているのを感じた。彼は振り向いた。船内でまだ顔をあわせたことのない女が、毛皮で風をしのぎながらまっすぐ立っているのが見えた。くすんだ肌色で、髪の毛の色はほとんど青色がかっていた。おそらく彼女は、招かれていないにもかかわらず吹雪を逃れて若い人びとの家に遠慮なく入ってくるような映画に出てくるタイプの女だろう。彼らは見つめ合った。彼は彼女のことがすっかり気に入ってしまった。

翌日、バミューダ諸島に差しかかったころ、昼食のときにイタリア人の給仕長が、お菓子でもあげようといったような微笑みを浮かべてローレンに話しかけてきた。もしその日の午後五時ごろに後方甲板にくれば、水葬に立ちあうことができるかもしれないということだった。Cデッキのスチュワードの一人が、胸膜炎で夜のうちに亡くなったのだ。

五時になるとロレーンは、後方甲板に面したブリッジに登った。彼の前には総勢千人はいようかという乗務員たちが直立不動で立っていた。右手には白いスーツを着たスチュワードたちがならんでいた。左手には、水夫たちや、すすけた石炭係、油まみれの注油工たちがいた。正面にいたのは看護婦、スチュワーデス、小さなあごひげを生やし首に布を巻いたフランス人のコックたち。最後に旗に包まれボードの上に横たえられていた死者。スープリスを身につけた一人の司祭が船長や士官たちに囲まれて祈りを唱えていた。

ピンクがかったライラック色の太陽が霧の中に沈みつつあった。客船は横揺れすると、そのたびにゆっくりと態勢をもとにもどした。士官たちは背筋を伸ばして敬礼をした……そのとき、司祭が祈禱書から視線を上げ、十字を切った……それがまさに合図となり、死者の頭を覆っていたアメリカ国旗が持ち上げられた。六人の男たちがボードの上に窮屈そうに並んだ。大きな布でグルグル巻きにしばられたミイラが足を前にして、音も立てずに滑りながら、スクリューが巻き上げる泡だった幅広の航跡の中に消えていくのをロレーンは見た。花輪が水面に浮かんだ。

ロレーンは振り向いた。あの夜に見た女が、ひとり、彼の傍にいた。目を見ると、彼女は犬のように泣きわめいたりしないように必死でこらえていることが彼にはわかった。

「わたしは死が嫌いなの」と、彼女は言った。

*

「おぼっちゃまのあなたは、つめたい海や乾燥した場所にはもともとうんざりしてるのじゃないかしら? なにか美味しいものを飲みましょうよ……わたしはもうそれほど海が好きじゃないのよ。でも、布に包まれていたさっきの彼が、今ではあそこ、海の底にいると思うと……」

見知らぬ女が甲板に出て散歩をしているのは、きまって深夜一時か二時のことだった。もうロレーンにはそのことがわかっていた。というのも、ピューリタンであるにもかかわらず彼は、若い狼さながらのあけすけの熱心さで彼女のことを観察していたからだった。ちょうどそんなとき、彼女は声をかけてきたのだった。彼は誘いに乗って彼女の客室へいった。キッチン脇のサイドボードの上によく冷えたシャンパンの瓶が数本用意されていた。

「お名前を聞かせてもらえますか」

「わたしはパメラ・フリードマン。パムって呼んで」

横揺れのせいで、絨毯の上でよろめいたロレーンの目には、いろいろなものが目に飛び込んできた。人形や宝石箱やジンジャー・クッキー、H・L・メンケンの『アメリカン・マーキュリー』誌、シットウェル兄弟の新作に『贋金使い』等々……

「あなたは読書家なんですか?」

「わたしは人づきあいが苦手なの」

「……フランス語の本がたくさんありますが？」

「ええ、ながいことパリに住んでいたの。フランス文学が大好きなのよ。テンポがいいし、いろんなことが書いてあって、読みやすいのよ。彼らは幅広い思想の持ち主なんだわ……アメリカ人は体ばかり大きくて、つまらないことばかり考えているのにね……」

「あなたはアメリカ人なんですか？」

「もちろん。あなたとおなじよ、アップルジャックさん。そう見えないかしら？」

「ご機嫌を損ねたなら謝ります……」

「あなたはちょっとおバカさんなのね」

「で、なんで一杯やろうと、僕のことを誘ったのですか？」

「だって、船の中であなたがいちばんハンサムだったから」

III

マンモス号のパーサーは傑出した士官だった。煙突のような金の縞々と、水泳チャンピオンと見紛うほどの飾りやメダルをたくさんつけ、反り返りそうなほど背筋を伸ばしていた。

彼は友人のH・ネーサン・ジョナス氏とアペリティフをめぐって賭けをしていた。ネーサン氏は元銀行家で冬になるときまって、リバーサイド・ドライヴを離れ、アトランティック・ラインのクルージングに参加して、人脈づくりにいそしんでいた。「社交界のアルピニスト」の異名を持つ彼は、氷で覆われた社交界の頂を制覇しようと必死だった。クジラに飲み込まれた聖書に出てくる同名の登場人物ヨナよろしく、ネーサン・ジョナスは船長とともに、マンモス号をわが城のようにして、船中の盛り上げ役を買って出ていた。日中、何千マイル進んだか当てる賭けでは、口に葉巻をくわえたまま、賭け金をとことんつり上げて巻き上げたり、トンボラ*ではことば巧みにカゴにあふれんばかりにまで大金を引いてくることにかけては、彼の右に出るものはいなかった。

＊ ビンゴゲームに似た福引くじの一種。教会のバザーの時などによく行われる。

「わたしがこの賭けに勝ったらどうする？」

「そのときは、貸しをチャラにするか、二倍返しくらいですか」とパーサーは言った。

「いいや。きみの口の堅さを賭けて欲しいんだ」

「わかりました」

「いや、わたしが言いたいのは、あの……秘密を漏らして欲しいっていうことなんだ」

ジョナスは勝った。

「さて……」パーサーは言った。「あなたが頼みたいことが何だか、わたしにはわかりますよ……Aデッキにいるミステリアスなご婦人を紹介しろってことでしょう？　まずもって彼女は人前には出てこない。そして、誰とも知り合いになろうとしてはいないですからね」

「乗客名簿を見せてくれないか。ほんの一瞬でいいんだ……わたしは賭けに勝ったからな……」

パーサーのキャビンで、ジョナスはメガネをかけて、名簿に視線を落とした。

パメラ・フリードマン＝オルフェイ夫人

「ちょっと……申し訳ないんだが、パーサーさん、あなたの仕事にケチをつけるわけではないんだが、このページにはあるべきはずのものがないことがわかるかい」

「なんです？」

「ほら、この『人種』という言葉が印刷された後ろのところ。ほんとうだったら、あのご婦人は『白人種』と手書きで書かなければならないはずだろうに、なにも書いていない」

「忘れてしまったんでしょう……」

「おい！　おい！　本当に忘れてしまったなんていうことを信じているのか？　君みた

いな百戦錬磨の冷血漢が？　もしきみがおなじように人種を聞かれたら、きみは自分が白人だっていうことを忘れてしまうなんてことがあるかい？　彼女のパスポートを見てみようじゃないか？」

「いいえ、いけません」パーサーは真顔にもどって言った。「わたくしどもはそのようなことはけっしていたしません。わたしがあなた様にお約束したのは、この書類を見せるということです。これだけで、それ以上はいけません」

「彼女はどこで生まれたのかい？　ニューヨークなのか？」

「いいえ。ジョージア州のアトランタです」

「やっぱり！」ジョナスは叫んだ。「じきにわたしは、あなたのフリードマン夫人とやらが実は誰なのかいうことができるだろう……」

IV

日差しが暑さを増した。乗客たちは白いズボンに履きかえはじめた。ネーサン・ジョナスは女性客に取りかこまれ気取ったたいでたちで現れた。

「皆さま、わたしには二つの特技があるのです。まず一つ。わたしは人の目を見るだけでその人の年齢が当てられるのです……しかし、わたしにとって、この特技はそんなに自慢の種ではありません」

「それではあなたの二つ目の魅力はなんですの？」

「わたしには混血を嗅ぎ分ける驚くべき嗅覚があるのです。四キロ先を歩いていても見分けることができます……彼らには、混血によって生まれたしなやかなからだとのびのびした精神が備わっているのです。これは純粋な人種には決して見られません」

「もったいぶらずに、教えてくださいな」

陰口を大好物とする妙齢の上品なご婦人がたが身につけた宝石を煌めかせながら集まってきた。

「ニューヨークを出港した晩、ボーディング・ブリッジが上がろうかという時に、フリードマン夫人がやってくるのを見て、わたしは彼女には白人以外の血が流れているとピンときましたよ。情報を仕入れたので請け合えるのですが、このニューヨーカーは、そんなタマじゃないんですよ。ジョージア州のアトランタ生れで、その……彼女にはニグロの血が流れているんですよ！」

機関室に魚雷が衝突したとしてもこれほどの衝撃をここにいるご婦人方に与えることはなかったであろう。

「なんておぞましいことなの！」コルネリウス・ド・ヴィット夫人は言った。

「信じられないわ！　豪華な一等キャビンに部屋を取っているクルージングのメンバーに黒人の血が流れているなんて！　なんという時代になったのでしょう！」

「マンモス号はメイフラワー号ではないんですよ」とジョナス氏は寛大さを装って答えた。

「たしかに。これじゃあ奴隷貿易船だわ」

「一万ドルのチケット代を払って、絶対に白人だけでいる権利を買ったと思ったのに！」

「なにを言っているんです」ジョナス氏はせせら笑った。「あなたがたはニグロたちを見物するために一万ドル払ったんでしょう。予定より早く見られたことになにかご不満でもあるのですか」

「で、あなたのおっしゃるニグロ女の正体は？」

「この若い女性は、正確にはフリードマン＝オルフェイといいます。わたしは彼女の母親に会ったことがあります。少なくとも、それから二十年は経っていますが……（わたしが話しているのは、男たちがニグロ女の家に通っているのを見られたりすることのないようにコートの襟を立てていたような先史時代のことなのです）。当時多くの解放奴隷たちが好んで名乗ったフリードマンという苗字をもつクオーターの女でした。彼女は財を成したのち、メトロポリタン歌劇場に出ていたオルフェイという名のイタリア人のテノール歌手と結婚しました。それから、二人はパリへ行きそこで暮らしたのです。わたしたちの船の乗客の例の彼女はこの苗字を名乗っていますが、私生児なんですよ……」

「銀器やエメラルドやミンクのコート、こんな贅沢品はいったいどこから手に入れたのかしら？」

「……母親からですよ。われわれを存分に楽しませてくれた後、ハーレムに黒人向けの美容品の店を開いたんです。それで、聞いたところによると、一九〇七年か〇八年だったかに、彼女はニグロたちの髪の毛を矯正する機械を発明したとのことです。頭の上にあんなスポンジみたいなものをつけていることが年がら年中黒人をどれほど悩ませているかご存知でしょう……ストレートヘアーは、まさに解放だったんです。肌にかんしては、彼らはわけあって、うまく立ちまわってきましたがね。戦後すぐにフリードマン夫人がパリで亡くなったとき、彼女が莫大な遺産を残したことを新聞で読みました。彼女の娘はおそらく……自分の肌の色を忘れるために旅をしているのでしょう。だって、こんなに財産があれば、もうニグロではないでしょうからね！」

ご婦人方たちは、興奮しきって、茫然自失となっていた。十分すぎるほどの衝撃を与えた今、ネーサン・ジョナス氏は、ユダヤ人がいつも不遇な人たちのためにとっておくわずかばかりの憐れみを包み隠さなかった。

「なあに！　結局、ニグロたちは白人になろうとうまく立ちまわれることなどありますでしょうか」と彼は指摘した。

「最近では白人たちが努力して黒くなろうとしているのではなくて？」コーネリアス・ド・ヴィット夫人は言った。

「笑いごとじゃありません」たのしそうにジョナスは言葉をついだ。「わたしたちはニグロの時代を生きているのですよ。見てみなさい。社会に広がる怠惰な雰囲気を。働くことにうんざりしている若者たち。リドやパーム・ビーチで寝転がる裸の人びと。平等だの。連帯だの。寿命三年の荒壁土の家だの。人目もはばからない愛だの。離婚だの。広告だの……見てみなさい」

年配のご婦人がたも、加わってきた。

「フェティッシュな彫像や五〇時間も踊り続けるダンス王たちの時代ね！」

「どぎつい色彩、キュビスム、幾何学的なモチーフの時代……」

「……頭に羽なんかつけちゃって……」

「……象牙のブレスレットとハーレムの……」

「……シンコペーションを打った音楽……」

「よろしい！　もう言わずともよろしいですぞ」とジョナスは言い、結論を下す。

ペテン師、饒舌な演説家、美辞麗句を吐く輩、体をぴったりくっつけ合わせたダンス、偽物の宝石……

「結局、ニグロとは、わたしたちの影なんですな」

V

「パメラ。ネーサン・ジョナスさんを知っているかい?」ロレーン・アップルジャックは、恋人になったばかりのミセス・フリードマンに尋ねた。

「いいえ、まったく。なぜ?」

「彼が船であなたには黒人の血が流れているっていうものだから」

一瞬のうちに、彼女は思い出した。自分の子ども時代、母の店、それから思春期、ヨーロッパへの出発、パリ、とつぜんはじまった贅沢な生活、おとぎ話のようなたのしい生活。そこでは、社会的偏見は、さまざまなわずらわしさとともに消えてしまっていた。彼女はフリードマン夫人の死後、アメリカへもどってきたことに思いを馳せた。フランス生活によって自由で垢ぬけ、洗練されて以前のパメラとは別人となり、彼女はあえて先進的な白人の知識人たちが多く住まうニューヨーク五番街に居を構えたのだった……彼女の恋愛や成功を……それなのに、運命のいたずらのせいで、恥ずべき、弱き存在として、ふたたび刻印を押された人間たちの中に送り返されるとは!

これ以上ないほどの長い沈黙が続いた。

薄いピンクのドレスに身を包み、背筋を伸ばしてパメラは、ダイヤモンドを煌めかせながらのけぞり、若い男の腕の中に倒れこんだ。

「ロレーン！　愛しい人……臆病なのね！」

「バーでヤツを張り倒して歯を二本折ってやったさ」ロレーンは静かに言った。

「わたしの父はアトランタ出身だけど白人よ。あなたとおなじ白い肌を持っていたわ。そしてわたしの母はキューバ人なのよ」彼女は泣きじゃくって言った。「誓ってもいいわ。わたしには白人の血しか流れてないわ。よく見てちょうだい！」

彼はなにも見なかった。腕の中の彼女をきつく抱きしめた。この灰色の肌はあまりに柔らかく、そこある唇は虚無へ向かって突き出しているようだった。燃えるような緑色の目、すべてを飲み込んでしまいそうな大きな唇、蛇のようにくねったからだ。このように彼女の嘘を証言するはずのこれらすべてが、まさに彼を嘘に対して盲目にするのに役立ったのである……

VI

船は熱帯地方を突き進んでいた。客室で過ごすのが耐えがたくなっていた。ある朝、昼食時、パメラが甲板に現れた。彼女の美しさは、手榴弾が弾けたかのように、敵たちを驚かせた。ほとんど夜会服のようなサマードレスに、手首から肘までを覆いつくす宝飾品。それから、毎日というもの、機械療法用の電動木馬にまたがるときに身につける運動着や、プールサイドで過ごす水着ではなく、こうしたエレガントな服を着た彼女を目にすることになった。署名を求める嘆願書が回った。彼は本社に連絡を入れると言ってなんとかその場をやりすごした。船長は乗客に詰め寄られ、船に有色人種の女が乗っていることを責めたてられた。返事を待つあいだは、ミセス・フリードマンは、たとえハーレム中の黒人よりも黒い肌をしていようと、一回乗船した以上は八四日間のクルージングに参加する権利があった。彼女を救うすべはないのか。彼女は味方になってくれる人を探しはじめるべきだったかもしれない。彼女はつまはじきにされようとしていたのだろうか。彼女は、ローン以外の誰ともつきあいを持たなかった。

何にせよ彼女の耳に入れるには彼を通すほかはなかった。

「自らの肌色についてやましいところがあるにもかかわらず、マンモス号のいちばん美しいキャビンを占領し、あんなドレスを着るなんて、悪趣味も大概にすべきだ。でも、船上でいちばんハンサムな上にとびっきりの名家の出の男に手を出したんだから、ただでは済まないぞ」と下劣な輩は思っていた。

アフリカ大陸初の寄港地に到着する前日の真夜中、この若いアメリカ人は恋人のキャビンの方へと歩いていた。彼が扉をノックしようと思った瞬間、誰の手によるものかわからないが手書きの文句が書かれた紙がピンで留められていることに気づいた。そこには「スキャンダルをもたらすものに災いあれ」と書かれていた。彼は顔を赤らめ、危険な立場に身を置いていることに気づいた。そして彼のあやまちのせいで父のアップルジャック上院議員が議会を追われる様子を思い描いた。彼は引き返し、自分のキャビンへもどった。そこで、動揺しながら、約束したが母と妹に付き添わなければならないので、一緒に船を降りることはできないと、ミセス・フリードマンに手紙を書いた。こうしてブロンドの髪を持つ人種たちに大いなる満足を与えたのち、彼はまもなく目にすることになるだろう黒人女たちのことを考えながら眠りについた。

VII

最初の寄港地。パメラ・フリードマンはほかの乗客たちと同様にカゴに乗せられ空中に浮いていた。それから注意ぶかくカヌーの奥のところに降ろされた。彼女はひとりぼっちで藁のクッションの上に坐り、足を水に浸していた。正面では四人の裸の男がしゃがれたうめき声をあげていた。小舟は舳先をあげ、うねる舵柄を超えると、なめらかな水面に落ちた。まだ朝の八時だったが、水面に反射する光はすでに目を焦がすほどだった。霧が水銀のような海の上で煌いていた。マンモス号の右舷側はカヌーに取り囲まれ、乗客たちを吐き出し続けていた。一方で、左舷側では、大きな平底船やゴンドラが集まり、飲料水や果物を飲みこんでいた。アメリカ女はこれらの男たちを眺めた。彼らのからだは汗で光り、口は煌いていた。からだ全体が性器、またそうでなければ歯そのものに見えた。ものを食べたり、子孫を残すという理由だけでは理解のできない、べらぼうなサイズだったのだ……小さな子どものような声で彼らがしゃべるフランス語がかわいらしいことに彼女は驚いた。とすると、フランス領のアフリカだったのか。彼らは水族館で見るようなカラフルな大きな魚を彼女に差し出した。彼らには力と喜びが漲っていた。むき出しになったきめの細かい硬い肌、外気にさらされのびのびとした手足、首にぶら下げた赤い革製の小さな袋。そういったものすべてが、最初はパメラにとっては見慣れぬものだったが、だんだんと調和のとれたものに見え、最後には美しいとまで思えるようになってきた。ひとりでいることの気安さからか、彼女は自分の血管に流れる彼らの血に思いを馳せるまでになっていた。

毎朝配布される船で印刷された予定表には、下船が午前八時、乗船が午後十時と書かれていた。彼女は喜んだ。何日間ものクルージングで、幾度となく怒りの涙に明け暮れたあとで、やっと彼女は結構な時間を地面の上で過ごすことができるからだ……だが彼女が目をむける方向に見えたのは、ココ椰子の木に囲まれた灰色のラグーンやオランウータンの体毛のような赤茶色の藁でできた原住民の家、いくつかの倉庫や何軒かの税関、小屋、それがすべてだった。この港はいったいなんなのだろう？　行政機関も、商取引をする大きな広場もなかった。とはいえ、その場所は入念に選ばれたものだった。入念——というのは、ほんの限られた時間内に野蛮なアフリカという最初の印象をクルージングの乗客たちに与えることができるからである。ニューヨークからの客は、数時間のうちにラグーンも、砂州もジャングルも写真に収めることも不可能ではなかったのである。

　アフリカでは、河口は先細りになり三角州になりかけのエスチュアリという地形になり、どんどん高くなっていく段丘が続くと、ガイドには書いてあった。堰のように生えるマングローブや、石灰殻のように青みがかった灰色をしたリーフを越えると、尿道結石の色よりもさらに赤い砂に覆われた海岸についた。そこでは、極点におけるように、光線のない太陽だけが目を潰すような眩しい円盤となって天高く上がっていた。太陽は彼らの頭上に登っていたので地上に影はまったくできなかった。パメラは暑い大気の中へ進んでいった。ふたりの男たちはパイナップルの繊維で作ったハンモックを担ぐ係を買って出た。彼女は包まれるがままになった。「未開の森へ！」彼女はあたかもレキシントンのとある住所を告げでもするように楽しげに言った。

すこしのあいだ続くサバンナ地帯を通過したのち、パメラとポーターたちは、てっぺんがノコギリの歯のようにギザギザに切り立ったくすんだ色をした壁にたどり着いた。椰子林だった。そのことを信じるために彼女は何回も口に出して繰り返さなければならなかった。「これこそアフリカ、ついにジャングルにたどり着いたわ！」。彼女が読んできた多くの本に書いてあるような威圧的な雰囲気はいっさいなかった。しかしながら、すべては混乱して不条理で形も色もなく見えた。海底とか、大聖堂だとか、そんなイメージはどれも熱帯地方のジャングルを描写するためには使えない。あえて形容するならば、水底にある緑の要塞とでもいうべきであろうか。ジャングルの裂け目にできた小道からハンモックは中へと入っていった。自動車レースのコースを観客席の上から眺めているような感じだった。幾千と折り重なる木の幹の隙間から陽光が漏れてくる以外は真っ暗だった。木々は競って隣の木から光をかすめ取ろうと必死だった。それらは上へ上へと伸び、縄状になった蔦がそこから垂れてきていた。パメラは、ヴェルミセル・パスタのかたまりのようにそこから伸びているヤドリギの重みでたわんだ枝々をもっとよく見ようと頭をのけぞらせた。

「前進！」

男たちに担がれていると、彼女は大型客船に乗っている時の揺れを思い出した。洒落た帽子を被り、アバクロンビー&フィッチ社のスポーツウェアに身を包み大きなサングラスをかけた彼女は探検家気取りだった。彼女がそのサングラスを外すと、入り乱れんばかりの色彩が目に飛び込んでくる。アメリカの人混みの中で過ごした後では、なんという休息だろう！　この巨大なアフリカのどこに住人たちはいるのだろう？　物音はまったくなかった。鳥たちのさえずりもまったくなかった。世界は誕生したばかりのように見えた。村はどこに？　道はどこに？　車は？　一時間ほど歩いてきたが、彼女は誰にも出会うことはなかった。彼女はハンモックの外へ身を乗り出した。見えたのは傾斜のついた地面、木の幹、枝、葉、開いた口のように彼女に向かってくるハイビスカスの花だけだった。遊びたい、走りたいと言う子どもじみた激しい衝動に彼女はとらえられた。

熱帯雨林はさらに鬱蒼としたものになり、今では地下世界か排水渠かと見まごうほどだった。水が湧き出ており、目には見えぬがいたるところに染み出していた。小道が盛り上がり、コニー・アイランドの遊園地にあるジェットコースターのように凸凹した土手の上でうねうねしていた。暗がりの無法地帯に生えているのは、まっすぐ伸びたオモダカやシダやヒカゲミズだけだった。絡み合った根や、横溢する紐のような蔦、重なり合うヤドリギは、解きほぐせないほどこんがらがっていた。すべてが緑いろだった。黄色や白といった統一した色調も、視線を置くことのできるようななめらかな表面といったものはまったくなかった。すべては捩れ、変形し、さいなまれて、理解を超えたようなかたちをしていた。血膿のような澱んだ水たまりのなかでは、じっと動かないワニたちや水棲怪物たちが彼女のことを窺っているように思えた。彼女は、裂け目のように縞がつき折れた木々を称讃した。それらは絶望によってこの緑色のジャムのなかに埋もれたか、はたまた邪悪な旅籠屋の奥で隣人に暗殺されたかのように、花瓶に頭を突っ込んだような形で折れていた。

「前へ進め！」彼女は叫んだ。


彼女は、インド産の小鳥のようにけばけばしい色の夕暮れ時の太陽を見るまでぐずぐずしていた。彼女はこれほど早く日が暮れるのを見て驚いた。船の出発する時刻までに帰らなければならなかった……ポーターたちは足を速めた。二時間ほどのち、疲れ切った彼らは開かれた場所に出た。ジャングルの息がつまるほどの湿気の後で味わう海の湿気は彼らを爽やかな気分にさせた。大量のシクラメンが咲き乱れており、そこには散発的に熱を持った場所があった。椰子の木々の間からは空が現れ、緑色の星々が見えた……ついに海辺に来た……パメラはすぐにマンモス号の大きな船体を目で探した……なにかアクシデントでもあって、船は隠れているんだろうか？　彼女は目を凝らした……しかしなにも見えなかった。すべての明かりを消しているなんていうことがあるだろうか？　海はからっぽで、沖の方まで静けさを漂わせ、水辺には泡が浮かんでいた。不安に駆られた彼女は時間を確かめてみた。まだ午後九時だった……ついに、ハンモックは桟橋までたどり着いた……

「船に乗せてちょうだい！」

「船ハ、ナイヨ、マダム」

「なんですって?」

「オッキナ船、朝十時ニ、イッテシマッタヨ、アナタの船、アナタヲオイテ、マダム」

行ってしまうなんて! 夜、アフリカ大陸にひとりぼっちにされるなんて。マンモス号がもういないなんて! とても追いつくことなんてできやしない。次の寄港地は二週間後のキャップ岬。クルージングはもう終わり。パメラは埠頭に固定された砲丸に寄りかかった。彼女は怒りと絶望にくれ涙を流した。オオコウモリが彼女をかすめた。なんて馬鹿げたミスを……ひとりぼっち、誰もいない! 荷物もないし、メイドもいなければ、お金もない。数人の黒人たちが彼女の足元にうずくまり、両手を足の間でぶらぶらさせて待っていた。彼女は行動を起こさねばと思ったが、なにをしても無駄なことのようにも感じた。憂鬱な気分が彼女を大地につなぎとめ、大気に結びつけた。無線は? なんのことだかわからないのね……マルセイユ行きの貨物船ですって、いつ出るの? ……明日?

「ハイ」

「半年後なの?」

「ハイ」

このニグロたちから正確な情報を引き出すことはまったくもって不可能だった。彼女を喜ばせようとすべての質問に「はい」と答えるだけだったのである。

……………………

ほのかに風がそよぎはじめ、熱のこもった空気が彼女の気をくじいた。どこで船を待つ日を過ごせばよいのだろう？　ニグロたちは、とぐろを巻いた蛇たちのように折り重なって眠り込んでしまっていた。パメラは、日中歩き回っていた時に、それほど遠くない場所に、テント用の骨組みとブリキとレンガでできた家を見たことを思い出した。

「それは右のほうかしら？」

「ハイ」

「それとも左だったかしら？」

「ハイ、ハイ」

「行きましょう！」

彼らは首を縦に振らなかった。自殺者の悪霊が魂をむさぼり食らうという理由で、彼らは夜の間は危険を冒してまで探検を続けることはけっしてなかった。彼女はひとりで行くことにした。

一時間も夜道をひとりで歩いたがなにも見つけることはできなかった。道は、人気がなく静寂に包まれ、コルクのように柔らかく、曲がりくねっていて、どこまでも続き、そしてジャングルの中に消えていった。

静けさの中、小鳥の声以外は聞こえてこなかった。目に見えないがずっとおなじ鳥が、とても高いところから見張っており、唐突に警官のような威丈高に高い鳴き声を発した。夜が更けるとともに稲妻が近づいてきた。それとともにさまざまなものが混じり合った匂いが近づいてきた。空は一瞬のうちに雲に覆われ、乾燥したトルネードが木々の頭を垂れさせた。戦場というか、カトリック教会というか、薬局というか、その匂いはあまりにも漠然としているがゆえに耐え難いものだった。パメラは、スイッチをひねれば消えてしまうような西洋の浅い夜しか知らなかった。しかし、この夜はそんなものとは程遠かった。重苦しく粘ついたアフリカの夜。彼女は、その中を自ら道筋をつけながら這うように進んでいかなければならなかった。直翅目の昆虫たちが官能的でグッタリさせるような金属的な鳴き声で暗闇を引き裂いていた。暑いかと思ったら寒くなったりする風のうねりがなぜこのように続くのだろうか？　なぜ歩いているのだろう？　もはや人に会うことなど期待することができない時間に。どこかに行かなければならない理由などまったくなかった。だからといって、引き返さなければならない理由も更になかった。また息をすることも、存在することも、パメラ・フリードマンと名乗らなければならない理由とてまったくなかったではないか。

稲妻はなおも続き、毎分、一五、二〇回と、彼女のまわりで地平線を照らし出す。それにともない彼女の神経は昂ぶり、それを見ようと彼女の目は疲労していった。じきに、疲れ切った彼女は暴風によってなぎ倒された亡霊のような木々にぶつかった。そのすぐあとに出くわしたのは彼女よりも背が高い草だった。稲妻の光に照らされ、これらの草は白んで見えた。そこでは椰子の木の縞模様にいたるまですべてが極地のような白さに包まれていた。唯一の例外は、ゴシック建築の礼拝堂のようなかたちをした赤いシロアリの巣だった。雷で打たれ、炭化し、焼け焦げた大腿骨や脛骨のように立ち尽くす木々が化け物のように覆い被さってきた。突然、パメラは立ち止まった……ついに！　灯りが見えた……人間がいる！　彼女は歩みを速め、叢林に住まう目に見えぬ生き物たちをたじろがせた。これらの虫たちは、赤や緑色の燐光を発しながら、麝香のような香りの精子を彼女にふりかけていた……灰色の太った鳥が、シーツのような羽を静かに羽ばたかせて彼女の足元から飛び立っていった。彼女は走り続けた……大きな村か、おそらくそこで飲み食いができるような街、ネオンサインを備えた本当の街にちがいない……朝のうち彼女は、この果てしなく広がるじめじめした地の中に溶け込んで、どうして幸福感など感じることができたのだろうか？　彼女は、灯りの方へ、人間たちの方へ近づくにつれ、あらゆる進歩に対して連帯感を感じはじめていた。株式市場でのその価値を考えると心が晴れやかになってきた。彼女は偉大な国で育った娘だった。そこでは自然はもはや危険なものではなく、動物たちは檻の中に収まっていて、危険や死というものは飼い慣らされていた。彼女は丸い鼻腔をひくつかせて、木が燃える良い香りを吸い込んだ。光は広い範囲を照らし出していた。それは曙を思わせた。地面の曲線に寄り添い、一緒に上に登り、谷間の起伏で途切れることもなく、彼女はそれにぴったりついていった。パメラは、一瞬、軍隊が野営しているのかと思った……さらに雑木林やいくつかの木々が続き、暑さが強烈さを増していった……ついに彼女は足を止めた。低いところで金褐色に輝く焔に突き当たったのだ。焔は腐食土を侵食し、紙か何かのように少しずつ噛み砕いていった……その向こうでは、黒くなった焦土が広がり、白い灰の染みを線のように点々とつけていた。ついにその背後に広がる煌々と燃え盛る大きな焔が見えてきた。三、四メートルほどの高さのところまで波のように盛りあがる焔は、ほんのすこし微暗くなった先端部分をのぞいては煌々と真っ赤に燃え盛っていた。焔は火の手をあげ、パチパチと火花を飛ばし、見渡す限り、一列に並んで前方へ進んでいた……火の砂漠であり、人は誰もいなかった……パメラは叫んだ。しかし、燃え盛る業火がパチパチいう音のほか返事はなにもかえってこなかった……彼女を助けるものはなく、だからといって彼女を邪魔するものもなく、動物たちが逃げ出した後には、猛火だけがその孤独な蕩尽を続けていた。上の方では、木々が立ったまま燃えていた。焔は、木々から流れ出し泡だつ樹液も、四〇メートルに達する木々の高さも、葉むらの湿気ももものともしなかった。幹は色鮮やかな火花に包まれていた。椰子の木はすぐに餌食となり、打ち倒され、すでに真っ黒になって、硝酸カリウムを詰め込んだ粗悪な葉巻のように煙をもうもうと立ち上げていた。叫んで声をからしたパメラは自分がひとりぼっちであることがわかった。虚ろな夜に楽しげにパチパチと音を立てる焔のほかには誰もいなかった……行く手にあるものすべてをゆっくり噛み砕く火葬台のように、焔は時間をかけてゆっくりと進んでいた。パメラは後退しなければならなかった。

稲妻はマグネシウムが放つ光のように、静かに穏やかながらも長々と続いていた。雷鳴が轟いた。ついに雨が！　しゃがんで股を広げて、空はこんどは雲の腹の中にあるものを轟音と共にたのしそうに噴出させていた。

しばらくして、汗をかき、ふらつきながら、ぼろぼろになった薄手のスポーツウェアを身にまとったこのアメリカ女はジャングルの空き地のところで立ち止まった。彼女の両耳はブンブンうなる耳鳴りがし、こめかみはハンマーで殴られたようにズキズキした。湿気でギトついた暈をまとって天上で輝く月はニグロのような笑みを浮かべて彼女を見つめていた。あたかも木々は彼女を窒息させるために生えてでもいるかのように、そこに広がる偽りの平穏さは悪意に満ちていた。彼女は自分のまわりに巨大な円錐形のわら帽子が十ばかりあることに気づいた……原住民の家だ！　明かりは完全に消えていた。彼女は呼びかけたが、誰もいなかった。すっかりしゃがれてしまった声で彼女は猫の鳴き真似をした。

その村は打ち捨てられたらしかった。パメラは、場当たり的に一軒の家に近づき、もし必要ならば、家畜と一緒にそこで日が昇るのを待とうと決めた。木の枝によって伸ばされた乾燥した椰子の葉でできた円形の屋根は地面まで続いており、入り口は見当たらなかった。彼女は注意深くそのまわりを一周し、ついに筵で閉じられた戸を発見した。腹ばいになって、彼女はその中に滑り込んだ……

刺々しい木の煙が彼女の喉や目を突き刺した。三つの石の下敷きになった熾が赤々と輝いていた。この円形の小屋の中は空っぽであることがだんだんとわかってきた。外から見たとき、パメラはこの小屋がこれほど大きいとは思わなかった……彼女はそこに石油の容器ふたつと、残りものの米がこびりついた炭で黒くなった瓢箪をひとつ見つけた。彼女は、木のスプーンの助けを借りて、むさぼるようにそれをこそげとった……ようやく暗がりの中で目が慣れてきた。木の枝のすのこで出来た骨組みだけの寝床を見つけ、そこに倒れこむように横たわった。そのとき、彼女は、壁にぴったりとくっついて、ヤギよりも無気力な様子でじっと動かないニグロの子どもが、目の前に立ったまま、愚鈍なまでの無表情さで彼女のことを見つめていることに気づいた。

「やつらは人でなしの外道なんですのよ！　ほら、見てくださいな……」

パメラはひとりでテーブルの席に坐っていた。正面には銀のボタンのついたカーキ色の制服を着たヨーロッパ人がいた。この地方のセルクルの行政官のコルシカ人だった。カールした口ひげをつけた茶色の髪色をしたハンサムな男で、かなり「下士官」っぽい雰囲気を漂わせていた。アメリカ女は、彼に前日マンモス号の印刷機で刷られた予定表を差し出した。

「ご自分で見てくださいな。『寄港時間は午前八時から午後十時まで。乗客の皆様遅れることなどありませんように』って読めますよね？

こんどはこうやって見てくださいな。（彼女は紙を日の方へ向け透けるように彼に見せた）……二番目の数字の後ろのところ。紙の色がほかのところより明るくなっていませんか？　そうなんです。ここのところはひっかいてあるんです。そうわざとひっかいているんです。そして、もともと a.m.10:00 だった——つまり午前十時だったわけですが——aの文字のところを削りとってpに書き換えて p.m.10:00 ——つまり午後十時——にしたんですよ……わたしが出航時間前に帰ってこられないようにするためにね！」

「お茶目ないたずらですな！」

「ほんとうにあったことなんですのよ！」

パメラはある朝、紙に書かれた匿名の文章が彼女のキャビンの扉のところにピン留めされていたことを思い出した。今からしてみれば、彼女に対する乗客たちの計画を彼女に知らせていたのかもしれなかった。

「偽善者め！」彼女はすすり泣いた。

三週間後にダカール向けに出航する貨物船に乗せること。それがこの行政官が彼女に施してやれることのすべてだった。彼女は地団駄を踏んだ。

「なんですって、アイスクリームがないですって？　テニスもない？　レコードも一枚もないのですって？　あなたがたはいったいどうやって暮らしているの？」

試練に耐えましょう、（彼女は涙を拭いた……）料理を一緒に準備しましょうと彼はやさしく慇懃に彼女に勧めた……

ある晩、夕食後、テラスに出た。ベトついたアペリティフ。ぬるい水。夜空に輝く星座。コオロギたちが鳴く声。低木の叢林を焼く炎に縁取られた地平線。パメラはすっかり忘れた。マンモス号も。ドレスや宝石や酒壜でいっぱいになった希少な木材をふんだんに使った彼女のキャビンも。意地悪な人びとも。今となってはほの暗い海と空のあいだに浮かぶ遠くの出来事になってしまった。彼女はもうロレーンのことは考えなかった。親ゆずりの忘れっぽさ、彼女の血の中を流れる生きることへの渇望、それらが彼女を助けるために飛んできたのだ。彼女の心の中には、プライドが傷つけられたという事実が残っているだけだった。彼女は赤道を通過するころに船上で交わされたにちがいない想像上の会話を小声で口に出してみた。「昨日、ミセス・フリードマンは船にもどってこなかったみたいね？……」「彼女にとってはなんという災難だったのでしょうね……」「置き去りにされ、行方不明になってしまったのね！　かわいそうに」「さらに運が悪いことにフランスの植民地なんかでね！……」そう、彼らはそんな会話を交わしているだろう。しかし、ほかにも、「どうだい、ニグロ女を船からうまく追い出すことができたぞ！」と、本音を吐露している者たちもいるだろう。

彼女は周囲を見回している。豹の毛皮の模様のように鋲が打たれたむき出しの壁、藁で編んだ敷物、投げ槍がひとそろい。シロアリを避けてスーツケースはレンガの上に置かれていた。ボーイは客がいるときは、ズボンの上にひらひらしたシャツを着て給仕をしていた……昨日知り合ったばかりの男と過ごすこの簡素な生活が、彼女にはまったく自然なものに見える……

行政官はこのアメリカ女に近づいた。彼は恭しく優しく接してくれたが、その扱いの背後にオスである王――黒人の国のしきたりに従っている王だ――の匂いを嗅ぎ取った。彼はなれなれしい態度でパメラのむき出しの腕の上に手を置いた。

「わたしは十年前からここにいるのです……まったくマリア様が降臨でもされたのかと思いましたぞ、いやいや……鼻に輪っかを通していない女が、つまり、その、ほんとうの白人女性が、空から落ちてくるなんていうことは滅多にないことなのですよ……」

午睡の時間。村に静寂が広がっている。どぎつい陽光が降り注ぐ。鳥たちでさえも囀りをやめている。聞こえてくるのは、濾過された水が柳の枝細工で編んだ細口の大瓶へ滴りおちる音と筵の上を歩く使用人の足音だけだ。外では、太陽が裁判所や学校や診療所を焦がすほどに照りつけている。パメラは一ヶ月前からこのコルシカ人の男とアフリカの僻地で暮らしている。彼女はダカール行きの船にも、その次に寄港した船にも乗らなかった。いまや彼女は夕食の席のホスト役を買ってでている。彼が狩猟や、村落を回って税金を徴収するところにも彼女は一緒について行く。彼女はシリア商人のところでエメラルドを質入してしまい、もはや帰ろうとは微塵も思っていない。彼女は、途方もない様相を呈する巨大なジャングルのそばで、ブッシュマンやハンターたちや粗忽な植民者たちに囲まれて暮らし、幸福を感じている。彼女は、自分をいまほど身軽で自由に感じたことはなかった。彼女はチーターを育て、彼女のことを「司令官夫人」とよぶ民兵たちに命令を下している。水着がないので、彼女は裸でカヌーに乗って体を洗う。晩餐には、招待客の数より多くの酒瓶を用意する。夕食の席には、小学校の女教師、ロシア人の薬剤師、彼女に蓄音機を持ってきてくれた郵便局長がいる。彼らはニンニクで味付けしたサラダを作り、ご婦人方に向かって卑猥な冗談を言い、言葉遊びをしながらスパークリングワインを飲む。

「ああ、アフリカはもううんざりだ！」

「このフリカッセにもな！」

彼らがA・E・Fについて話しているのが聞こえてきた。

「アメリカ派遣軍*のことかしら？」と彼女は尋ねる。

＊ American Expeditionary Forces. 第一次世界大戦中一九一七年にアメリカが連合国側で参戦し始めた際、ヨーロッパの戦線に派遣した軍隊を指す。

「いいえ、マダム、フランス領東アフリカ*のことですよ」

＊ L'Afrique-Équatoriale française. 当時フランスが植民地としていたガボン、チャド、中央アフリカに当たる地域を指す。

パメラはまるで漂流物のようにこの外国の人びとに受け入れられた。彼らには「裕福なひと」がアフリカにやってくるなどということが理解できなかったのだ。しかし彼女はといえば、ロッキー山脈のインディアン保護区にヴァカンスにやってきた中学生さながら、牧場にでもいるかのように釣りや狩りを楽しみながら生活しているのである。彼女がマンモス号を見失っていなければ、ここに来るなんてことがあっただろうか？　彼女の人生でもっとも驚嘆すべき冒険のチャンスをみすみす逃してしまっていたのではないだろうか。

ここは病んだ場所だったのだろうか？　今となっては、彼女はニューヨークこそがそのような場所であると感じていた。

あるとき、ながながと続く食事の最中に、孤独と熱帯地方にいることがいやおうなく美味しそうに見させてくれるこれらのご馳走を前にして、パメラは自分が見張られていると直感した。彼女は顔を上げた。いいや、会食者はだれも彼女に注意を払っていなかった。彼らはパーム椰子にまつわるさまざまな話やその精油方法について会話を交わしていた。キャンドルの灯りが、人びとの酔って赤らんだ顔やボタンをはずしたドルマン服の襟元を照らしていた。数匹のコウモリが部屋の中を飛び交っていた。ボーダーの入った祭服のようなパンカが彼らの頭上に規則的にそよ風を送っていた。機械的にパメラは滑車が据えつけてある天井に視線を向けた。そして、パンカの紐を目で追いながら、真っ暗な廊下に向かってぽっかり口を開けた出入り口のところにまで視線を落とした。そのとき、彼女はふたつの白い点が彼女を凝視しているのを見た。暗闇の中に人間がいることがわかった。地面に伏した裸の黒人だった。紐がゆわえつけられた足を動かして、テーブルに風を送っていたのだ。休息中の野獣のようにゆったりしていたが、目はギラギラしていた。まどろんでいるようでもあり、いまにも飛び跳ねてきそうでもあった。飽んだような優雅な身振りで、この男がゆったりと紐をたぐりよせたり、緩めたり、またたぐりよせたりする様子が目にはいった。さわがしいヨーロッパ人たちの背後で、陰気な様子でじっとしている彼は、あたかも自分こそがその場の支配者であるかのように冷ややかな軽蔑した雰囲気を漂わせていた。彼女はこの男のことが気に入ってしまった。彼女はこれまでこれほど野生的で美しい人間を見たことがなかった。

毒薬と治療薬とを交互に勧められた。

「カカオ酒、それともマンダリン酒がよろしいですか?」

「キニーネ、それともストヴァルソルにいたしますか?」

「いつからこの男にパンカの紐を引かせているの?」彼女は家の主人に尋ねた。

「今朝からですよ。捕虜なんですよ。もちろん、ほかの使用人たちもみなそうなんですがね。呪いをかけた嫌疑でね……この辺のセルクルを取り仕切る族長の息子なんですが……かなり性の悪いやつでね……呪物師だと思うんですよ。居間でコーヒーを召し上がりませんか?」

人びとが席から離れたので、パメラはそのニグロに近づいた。キャンドルの灯りが彼をまともに照らしたが、あまりにも色が黒いために、光は彼の肌に吸い込まれていった。かろうじて、彼の完璧とも言える両足や広い両肩の上に少しばかりの反射光が見えた。彼の顔の輪郭は、三角形の両眼を除き、闇の中に溶け込んでいた。両頬には十字形の盛り上がった傷がつけてあった。自然が与えた桁外れた生気がこの人物には漲っていた。彼女は彼の前を通り、その手に五フラン札を握らせた。彼は表情を変えずにそれを受けとった。礼は言わなかった。彼は、信者に撫でられてつるつるになった硬い木の彫像のようだった。彼が宴の後を睥睨している様子には、アフリカそのもののイメージがあった。彼は爛々とした目つきでテーブルを見つめていた。

「なにが欲しいの？」

獣にように彼は塩を見つめていた。笑いながら彼女は塩入れを差し出した。すると彼は一気にそれを飲み込んだ。

IX

かつてパメラはほかの人びととおなじように「黒人はおぞましいわ」と言ったものだった。しかし、今では彼女は、彼らのピンク色の口や、完璧にまっすぐ伸びたスリムな体つき、情熱的で純粋な腰の曲線、すべすべの肌、優雅な歩き方、ゆっくりと誇らしげに進む両足の上にある不動の上半身、それらすべてを賞讃していた。彼女はあまりにも熱心にこの血を羨んだので、獣たちの毒のある噛み傷も、アフリカ特有の恐ろしい病気も、彼女を怯ませる材料にはならなかった。アメリカのニグロとはどれほど異なっていることだろうか。彼らときたらおぞましいほど中途半端な肌色で、金の被せものの下は虫歯だらけで、腹は突き出てぶよぶよして、多かれ少なかれみな混血ときている。欲を持たないことというのが、彼らアフリカの祖先たちにとってはもっとも美しいアクセサリーだったのだ。貧しさが彼らを高貴な存在にしている。彼らが自分の手を使って働けば働くほど、彼らは美しくなっていく。彼らは笑いながら苦役を受け入れていた。彼らにあってはあらゆる労苦は歌やダンスへと姿を変える。彼らは音もなく家の中に入り込み、戸口のところにある筵を引いた地面の上に寝そべりながら、女たちと交わり、朝になるまで出てくることはなかった。ある時は、彼らはオークル色や白色の顔料や溶かした土や樹液などを体に塗りたくっていた。そうすると、彼らは物音に陶然と酔い痴れ、命の宿っていないモノをそれが歌いだすまで叩きつけるのだった。

彼女は夕食後に電燈をつけた帽子をかぶってひとりで森へ狩りに出かけることが習慣になった。パンカの紐を引っ張っていたママドゥが、司令官のカービン銃を、そして時々は蓄音機を持って彼女の後をついてきたものだった。このアメリカ女はレコードを回して、付近の黒人たちがみな、寝ぼけ眼で彷徨いながら、音楽に引き寄せられて集まってくる様子を見るのを気晴らしにしていた。ニューヨークのユダヤ人作曲家がニグロ風楽曲と呼ぶものを彼らが好まないことを確かめて彼女は面白がった。彼らはロシアの大衆的で粗野で大仰なメロディーの方を好んだのだった。黒人たちは、うずくまって、ほんものの夢遊病患者のように、ハーモニーに引き寄せられて、彼女を取り囲んでいた。彼らの象牙のブレスレットだけが闇の中でくっきりと浮かび上がった……ママドゥは言葉を発しないものの、囚人の威光を後ろ盾にし、自身の力を誇りにしていた。彼はこの静寂と夜の世界に君臨していた。ときどきパメラは、月明かりに照らされ、銀紙のようにきらめく川の中で水浴をした。この黒人男は、ワニたちを追いやるために、竹の棒で水をかきまわし、叫び声をあげた。呆然として、彼はこの女を見つめていた。あたかもはじめて雪を見るニグロのように……

ある晩、彼らはかなり遠くまで狩りに出かけた。彼女のうしろをついて歩くママドゥは、獲物の首を垂らしたホロホロ鳥を腰回りにベルトのように巻つけていた。タムタムを叩くくぐもった音が聞こえてきた。

「あれが私の家だ。来い」彼は言った。

「もう遅いわ……」

「来い」

「かなり遠くまで来てしまったわ……」

「武器を渡してくれ。男はみな女と銃が必要なのだ……」

彼はアンテロープを担ぐようにパメラを首の周りに背負って運んだ。

こうして彼らは柵に囲まれた村まで進んだ。その路地は入り組んでおり、彼らは音が聞こえてくる村の中心にたどり着くまで長いあいだ彷徨わなければならなかった。目的地に着いたかと思うと、曲がり角があって道行を妨げた。ジグザグの通路を抜けたと思うと、新たな曲がり道が隠れていた。杭で補強された筵のあいだからわずかばかりの光が漏れ出ていた。やっと彼らは四方を壁で囲まれた場所に滑り出た。さらに羊たちがひしめいているのが見える手前の庭へと突き進んでいった。それから再び、闇に包まれた切り通しと、二番目の壁に囲まれた場所に出た。突然、タムタムのはじけるような音を彼らは全身に受けた。彼らの前では、立って太鼓を叩く者たちやしゃがんでいるバラフォン奏者たちからなるオーケストラが、静寂を突き破らんと演奏していた。彼らが入ってくるのを見るやいなや、けたたましい音が鳴り響いた。ママドゥは大きな篝火を運んでくると、地面の上に置いた。下からの光は、いくつもの黒い脚や、綿布の腰蓑の縦縞模様や女たちのくるぶしについた銅製の重々しいアンクレットを照らしだした。音楽が速くなっていくにつれて、村人たちが皆集まってきた。いちばん興奮したものたちはすでに、焚き火の中に飛び込むように、踊りの輪の中に飛び込んで行った。しなやかに関節を動かしながら両腕を投げ出し、コネクティング・ロッドの大端部のように頭を前後させ——激しい身振りで動く彼らの影が、白い家の土台の部分にくっきりと浮き上がって見えた。埃が舞い上がる。星々が瞬く。女たちは熱病に浮かされたよりも激しく、たえまない震えに襲われでもしたように腰を振りつづける。人びとは獲物のカバの取り合いでもしているように押し合いへし合している。人びとは若い呪物師を取り囲み、銀のアクセサリーをつけた少女たちは、彼の帰還を見て喜びの叫び声をあげていた。長老たちは手を叩いていた。子どもたちは広場を転げ回っていた。小路という小路は人で溢れかえっていた。たわんだ藁屋根の上に野次馬たちのよじのぼっている姿が緑色の夜空にくっきりと浮き上がった。ほかの者たちは、浅浮き彫りのように壁にぴったりと身を寄せていた。

パメラ・フリードマンは、みなの目を引くような白人女ではなかった。だれも彼女に注意を向ける者はいなかった。彼らの目は別の方向を凝視していた。族長の息子のママドゥが踊っていたからだった。人が「物柔らかなアンテロープ」と名指すセネガルの大きなアンテロープのような高貴な首を持つ彼は、まっすぐ前に視線を向けていた。彼は供物のように自らの手足を投げ出したかと思うと、引っ込め、また四方へ伸ばした。彼は歯の間にふぞろいの木でつくったバラフォンを紐で結えて咥《くわ》え、目に見えない軸を中心にして、人びとの頭上をかすめるように振り回していた。パメラはこの人物から目を離すことができなくなっていた。彼は彼女が眩暈のうちに陶然としていくにつれ、神々のようにいっそう荒々しく満足げになっていくのだった。踊りが激しいせいで、地面に穴が空いている！パメラは彼が言ったことを思い出した。「来い。わたしは金持ちだ。家の中には雨は降らない。わたしの妻たちは食べたいだけ食べ、肥えている……」。彼女はやってきたのだ。

彼女は彼にメランコリーやアルコール、セックス、そのほかいろいろな白人の流儀を教え込むことになるだろう。後ろにひしめくニグロ女たちが彼女を包み込み、持ち上げていた。老女のように柔らかくなった彼女の胸がペシャンコになり、若い娘たちの硬い胸が彼女の体にぴったり押しつけられた。ニグロの濃厚な麝香のような香りが彼女を打ちのめした。しかし、彼女の鼻腔はその香りを吸いこもうとするのを止めることはなかった。彼女は自分が黒人世界に入っていくのだと感じていた。彼女はその中で溺れていたのである。慣例通りに月が昇った。中庭の奥の羊たちは壁の色のように青白くなった。彼女はアーヴィング・バーリン*の最新のヒット曲を思い出した。

* アーヴィング・バーリン（一八八八〜一九八九）。ベラルーシ生まれのアメリカのユダヤ系作曲家、作詞家。多くのポピュラー・ソングを手がける中、先述のジークフェルド・フォリーの音楽や、フランスのフォリー・ベルジェールにおけるジョゼフィン・ベイカーが出演する「ルヴュ・ネーグル」の音楽も担当した。当時ベイカーが歌った「ブルー・スカイ」や「オルウェイズ」などの音源が残る。

「月の下でしか、ニグロたちはニグロになれない」……

このタムタムのくぐもった音の中に、教会のうっとりするようなパイプオルガンの大音響の鳴り響く時刻に、またはクラブで演奏されるジャズの中に、モンマルトルにいた頃の彼女が求めていた体が痺れる感じ、それとおなじような恍惚を見出したのである……彼女はニセモノの白人でいることにうんざりしてしまった！　なぜ借り物に過ぎない進歩を自慢したりする必要があろうか？　彼女にとっての進歩とは驚くべき調和のとれた合一によって、祖先の土地へ帰っていくことだった……女性らしさとは、この大陸の途方もない母性のことだ！　ニグロ女はこの暗黒大陸の女王たちなのだ。彼女はドレスと首飾りを引きちぎり、カービン銃と薬莢を地面の上に放り投げ、紙幣を撒き散らした。欲にかられた下層民たちが地面に這いつくばって群がろうが構わなかった。ママドゥは裸の彼女をむき出しの上半身の中で固く抱きしめ、自分の柔らかい肌に彼女を擦り付けた。そこに切り込みの入った傷跡の棘が、彼女の皮膚をひりつかせ、快楽をいっそう激しいものにさせた。ヴァージニア州のリンチ犯たちの言うのとは違って、白人女を見たからって彼はおかしくなったりはしなかった。彼はパメラを別人のように扱った。彼は女たちにかんしては、黒人男特有の並外れて公平な嗜好を持っていた。このたぐいの男にとって重要なのは数だけだった。魔法陣の真ん中に吸い込まれて、叫び声や太鼓や交易で入手した銃の爆音や鉄製のカスタネットのぶつかる音が飛び交う中、彼女はこの男に、この浅黒い群衆に身を捧げたのだった。さらば、ニューヨーク！　パメラ・フリードマンはアフリカの腹の中へ帰って行った。彼女にはもはや一千万ドルの価値はなかった。彼女はほかの女たちと同様に牛三頭分の価値しかなかったのである。彼女がニグロ女のように、手を叩き、拍子を取りながら体をふたつに折り曲げ、足を組み、両脚をぴったりつけ、尻を突き出しているのが見えた。今や彼女は彼らの立派な一員だった。

星降る国の人びと（リベリア国境）

蘇るために死ぬ　ロシア人たち

I

トラックが止まった。シリア人たちはヘルメットを脱いだ。八時間ものあいだ、彼らの商品を積んできたのだった。前方のベンチシートに坐って、天井に頭をぶつけないように、足は日差しをまともに受けるところに置き、腰を折り曲げ、頭を低くさげながら、彼らは幌をつけた車で道を走っていた。熱帯雨林といっても、目に入るのは、木の幹や、肉のように赤い地面の上に突き出し、おかしなところに生えてきてしまっている支持根だけだった。一行はビシャラとマレクのふたりと黒人の運転手ひとりだった。運転手が乾ききって煙を出しているラジエターに水を充塡しているあいだ、ふたりのレヴァント人たちは前へ進んだ。ビシャラは自分の従業員に青い穴を見せた。そこではまんじりともしない大気の中で、煙の線が沈滞していた。思いもかけないことだったが、一息つくと、はっきりと見えてきた。ジャングルは、この峡谷のところで途切れていた。海岸で船から降りてからというもの、空といえばマレクは草木の緑色の中に入った切れ目の上の狭い帯のような形でしか目にしたことがなかったのだ。彼らの足元から下がっていく傾斜には棕櫚の木々が植えてあるだけであり、さらにそれらの間隔もかなり空いていた。そしてその向こうには本物の平野が広がっており、耕作地のあいだに小屋が何軒か見えた。その先はふたたびジャングルが広がり、断崖のように地平線を塞いでいた。

「そこに見える村はクルーという名で、まだフランス領のコート・ジヴォワール内にある」ビシャラが言った。「その先がリベリアだ。もっとも、国境はそれほどはっきりしていないのだがな。いずれにせよ、ここがおまえの住処だ」

これが彼ら特有の表現だった。シリア商人にとっては商売以外に身を落ち着ける場所などなかった。年長者の支援を受けて植民地へ入りこんだ後、こんどは彼がさらに奥地に自分自身の店を構えてどうにか日銭を稼ごうとするのである。こうしてビシャラは、古参の商人の世話になってダナネにやってきて、原住民とおなじように、ヤムイモを食べ、地面の上で寝起きし、コーラの実を商って財をなした。そんな彼がこんどは元手を出して、レバノンからやってきたばかりの従業員で彼のいとこのマレクを熱帯雨林の奥地へ送り込もうとしていたのだった。

「ここにおれは一年前、下調べをしにきた」ビシャラは続けた。「作付けは全部おれがやった。ほんとうに辺鄙な土地でどこに行ってもジャングルしかなかった。まるっきり人馴れしていないニグロたちときたら、ほんとうに怠け者でまるでいうことを聞いてくれないのさ！　ハンモックで休んでいようものなら、投げ槍が飛んでくることだってあった……それから道を作ったんだ。で、（まだ白人たちはここにいなかったが）、もうジャングルではなくなった、大通りができたんだ。見てみろ。開拓したのさ。もうどこにもやつらの汚らしいキャッサバなんかはないだろ。あれは青酸入りの毒物で、地中の水を無限に吸い取っちまう厄介なやつなんだよ。だから、コーラの実を買い取り始めてからは、原住民のやつらはトウモロコシを食べるようになった。やつらが言うように『トウモロコシは人びとの味方』さ。もう、焼いた蟻や汚らしいバナナを食べなくてもいいんだからな。結婚を控えた若い娘だけを太らせるという習慣もなくなった。ここではみんな腹一杯食べて太っているからな。女たちは腰蓑を自分で買うようになった。進化の道を邁進中ってわけさ！おまえがここで見るのはやつらの黄金時代だ。ここにいるサルどもはもう危険ではないし、まだチンピラにもなっていないからな」

マレクは息を吸い込んだ。椰子の木々はシリアを思い出させた。鉛色の空を裂き、縁の部分が紫っぽくなったオレンジ色の傷口を広げながら沈みゆく太陽はなんとも悲愴な雰囲気を漂わせていた。だが、夜に包み込まれようとしているこの村に彼はえもいえぬ調和を感じていた。ブロンズ像のように艶のある肌をした若い娘たちが、水汲みの仕事から戻ってきていた。女たちはパームオイルでシチューを作っていた。男たちはやかましく喋り続けていた。

「鶏を買うのに、十五スー以上払うんじゃないぞ！」ビシャラはアドバイスした。

トラックは、市場の真ん中の商談の木の下にある、ぽっかり空いた穴の縁のようなところに止まった。その先に道は続いていなかったのだ。かつては白かった薄汚れた服を着たシリア人は休む間もなく、ニグロたちをせき立てた。

「休むのは、ダメだ。おれに四つ袋をよこせ。おまえは八個！　おまえは十二個！　ひたすら身を入れて働け、休みはないぞ！」

そうこうしている間にも、マレクに対するアドバイスを次から次へと繰り出した。

「ぐずぐずするな。族長に会うぞ。コーランを暗唱できるふりをしておけ。やつらはうわべこそ物神崇拝者だがな、モール人たちの前で暗唱してそいつらの腰を抜かさせていたぞ」

長老たちがやってきた。奴隷たちは瓢箪に入った緑がかった乳を差し出した。

「そんなモノはいらない。どっかにやっとけ！　コレラに罹りたくないんだよ！　おまえはコーラを持ってくるんだ。コーラだ。コーラをもっともっと持ってこい！」

それから、ビシャラは長老たちにマレクを紹介し、塩を固めた棒とにんじん型の巻きタバコを渡した。じきに乾燥した薔薇のように赤いコーラの実は山のように積まれた。これらは、一週間後にここから遠く離れたバマコで売られ、いまかいまかと顎で噛み砕こうと待ち構えるスーダン人たちの口の中に収まる算段だった。

「ここでは、おまえが主人だ。おまえは、ええとなんだっけ、そうそう、経営だった。それをすることができるぞ」

トラックの奥でコーラの実が球遊びでもしているかのようにぶつかる音が聞こえた。

「ニグロたちにバナナを作らせたりするんじゃないぞ。金にならんからな。そうじゃなくて、カカオの実だ。それも徹底的にやるんだ」

マレクは村を行きかう人びとを眺めていた。頭にコーラの実の入った籠を載せた男が、ひとり、またひとり、と幌の切れ目から出てきた。自分たちの仕事に没頭している愚鈍な人びと。すべすべした茶色の頬には、並行して走る五本の縞模様。眉毛の間の三つの点のかたちの刺青。カットした水晶の塊を通しているがゆえに、いっそう重く垂れ下がった唇。目だけが、黄色い強膜をむき出しにしてキョロキョロと辺りを見回している。彼らは頭を動かさずに、新参者の白人――または原住民からすると白人と黒人の間の中途半端な存在に見えるシリア人――を眺めようと躍起になっている。マレクは、女たちが、首の周りに赤いトンボ玉をつけていることに気づいた。白色土を噛み砕く彼らの習性は気味が悪かった。それを除けば、この「ニグロたち」はまさにビシャラが描写したように、温厚で、臆病で、土地に忠実で、知性の片鱗も感じさせない連中だった。若い人種でも年老いた人種でもなかった。ダナネの行政官（その人物にマレクはこの土地への居住許可をもらわなければならなかった）が言ったように、クルーアンには、純血の氏族はいなかった。もっぱら北からの侵略者たちを逃れてこのジャングルに逃げ込んだ弱い敗残の部族民の寄り集まりだった。宣教師たちは、原住民たちが塩を舐められるというだけの理由から洗礼を受けたのちに過ちを犯すのを見て挫け、彼らを見捨ててしまった。

「面白くないな……」マレクは言った。

「おれが請け負ってやるさ。おまえはここが気に入るってね。なにかうまくいかないときには、村長に相談するのだけはやめておけ。時間の無駄だ。やつはフランス人が選んだ村長だからな。むしろ誰が秘密の真の村長が見極めろ、つまり呪物師を見つけるんだ。一ヶ月後トラックでおまえに会いに来るぞ。そのときは百……」

急にトラックのエンジンが動き出し、言葉を遮った。

「おれが必要な量は毎回百トンだ。わかったか！」

彼のしゃがれた声が聞こえなくなったが、手を大きくふり続けているのが見えた。残らずすべてかっさらっていけ、と身振りでけしかけているのである。というのも、この男はニグロたちに「富の回収人ビシャラ」と呼ばれていたのである。

II

夜が明け、村の誰よりも早くマレクは起きた。彼は角灯をつけた。帳簿や缶詰に囲まれ、簡易ベッドの上で、真新しい綿布の匂いにむせかえるようになって、ひとりで彼は落ち着かない気分だった。室内にある家具といえば、折りたたみ椅子が一脚と、壺がひとつ、そして天井からぶら下がるダチョウの卵だけだった。金を稼ぐしかなかった……顔を洗って外に出た。

集落中が重い眠りに包まれていた。黒人たちはみな、そろって大きな寝息を立てていた。眠りがあまりにも深かったので、そこに彼は幸せよりもむしろなにか伝染病のようなものを見て取った。何世紀ものあいだ眠りにつかずに、略奪や、裏切り、毒矢や罠を恐れて、仕掛けを見張っていたこの人びとは失われた時間を取り戻そうと、死んでしまいそうなくらいの眠りについているようだった。あたりはまだ闇におおわれ、物音もしなかった。数匹のチスイコウモリが、夜が明けたとは思っていないらしく、ふらふら飛んでいた。マレクは、自分と村のふたりの人物しかいないかのような印象を持った。朝のそよ風が一着の腰蓑を揺らしており、闇夜の中に次第にその色が青白くはっきりと浮かび上がってきた。シリア人はイグサの道でできた迷宮の中に消えていった。というのも、家々のあいだは木の枝で編んだ簀で結ばれていたのだった。彼は椅子の代わりに使われていた小さな白い木でできた三脚につまずいた。犬が吠えた。彼は大きな広場を横切った。檻のように中が透けて見える小屋の中に二頭の黒い羊が寝ていた。せまい通路を抜けて彼は外へ出た。両側には、豹をとらえる罠が仕掛けられ、大きな口を開けて獲物を待ち構えていたが、なにもかかってはいなかった。シリア人は農園を歩きまわるのが楽しかった。村からすこし離れたそこには生真面目な雰囲気が漂っており、それが彼を安心させたのである。目はもはや不定形のものの中で溺れることがないために喜んでいた。ごちゃごちゃに混乱したジャングルを見た後で、まっすぐ伸びる水路に囲まれた四角い耕作地を目にすることはなんと気持ちのよいことだろう！　整然と並んだバナナの木の姿は、森の中を走るものたちにとって、いつも人間がそばにいることを感じさせ、旗のように彼のことを励してくれた。やわらかな緑色の稲田、カカオの木の飼いならされた様子、切り株だけになって人間に服従した年老いた木々、そういったものすべてが進歩の象徴だった。腐りきったリベリアの森の凄まじいほどの乱雑さと比べ、なんと対照的なことか！　うしろには、道路がよき導き手の妖精よろしく、彼をダナネへと、世界へとつなげていた。彼の前にあるもの、それは未知の土地だった。海岸側のいくつかの場所をのぞき、リベリアは、交通路もなく、文明から閉ざされ、悪評高い最後の野蛮人が住まう秘められた地だった……

もう良い時間になっていた。太陽が木々の頂から顔をのぞかせると、はつらつとした気分になったマレクは村へ戻った。その周りには樹液を飲みつくして空のチボリウムのようになって枯れた椰子の木の幹が転がっていた。男たちの声が聞こえてきた。低く心地のよい声だ。彼らは家畜小屋の鍵をはずし、燃やされた叢林のような色をした骨ばった子牛たちをそこから出るようにせき立てていた。

おしゃべりな女たちの声も聞こえてきた。とりつくろったようなやかましい声だった。乳房を揺らしながら、ローラーで凸凹になった部分を押しつぶしていた。背中では眠っている乳飲み子が揺られ続けていた。娘たちはやわらかい棕櫚の葉で家の入り口を掃除していた。マレクは、ニグロたちの饐えた匂いとジャングルの湿った匂いが混じり合っている一番奥の囲いのところまで歩いて行った。

さあ仕事だ！　狩人も鍛冶屋も、鋤を持って畑に行け。少年たちは、でべそを引っ張ったりしないで、少女たちは、口やもっと下の方に指を突っ込んで怠けていないで、収穫へいけ。呪物師も長老たちも仕事だ！　そうすれば、うまくいくぞ！　やつらに粗悪品を買わせて、さらに借金まみれにするんだ……マレクの方はといえば、彼はいかなる口実に対しても、財布の紐をきっちりと閉めていた。彼はここに遊びに来ているのではない。金を稼ぎに来ているのだ。食事は米とバナナだ――生《ナマ》は下痢の原因になるので焼いたバナナだったが。シリア人は信じていた。三ヶ月もすれば、自分の車、それも本物のアメリカ製の車を手に入れることができるだろうと。それで原住民どもの度肝を抜いて、セルクルの行政官に挨を吹きかけてやるんだ。

マレクは商売に励んだ。すると、ニグロたちにものを売りつけるのは、たやすいこともあれば難しいこともあることがわかってきた。たやすさは、ニグロたちが金の価値を知らないことに由来する。一方、難しさは彼らにはモノを買う必要がなかったということに由来した。彼らが植えたカカオの粉のように赤い土地に住まう男たちは、彼らの十日間の仕事の成果を彼の元に運んできた。彼らは大きな目で、西欧からやってきた品々をいろいろ物色した。結局、彼らはコティ社の香水瓶を選んだかと思うと、すぐに蓋を開け、頭や肩にじゃぶじゃぶふりかけるのだった。マレクは空になった瓶を買い取った。海岸部のいくつかの村ではそれが金の代わりに使えるのだが、彼らはそのことは知らなかった。ビシャラは言っていた「売れ残りが出たらおれたちの負けだ」と。実際、このようなジャングルの奥地では、ヨーロッパ人にはうかがい知れないかたちで、流行は目まぐるしく変わっていたのである。急に訳も分からない熱狂が沸き起こって、ある商品が品切れになるかと思えば、どんなに値下げしたり、圧力をかけても歯牙にもかけられない商品もあった。

＊

しばらく前から、彼の店は黒人たちで賑わっていたが、マレクは彼らがだんだんとモノを買わなくなってきているようだと思った。彼は帳簿を確かめてみた。疑う余地はなかった。売り上げは落ちていた。彼がクルーに来てから三ヶ月が経っていた。いつもおなじ商品が並んでいるのに客が飽きてきているのだろうか？　しかし、その一方で、日に日に彼らが運んでくるコーラの実の数が減ってきていた。サボっている者がいないか抜き打ちで確かめるために、彼は農園に行った。全員働いていた。しかしその様子は兵舎でダラダラしている捕虜のようだった。動き自体は変わらなかったものの、全体のリズムのテンポが気づかぬ間に落ちていた……マレクは機械の音に耳を傾けるように、注意深く観察した。モーターは動いている。しかし、弱まってきている。不安になった彼は、若い使用人たちを問いただしたり、夜のあいだ送られてくる女たちに尋ねてみたり、買い物客の意見を聞いたりした。「イヤ、ワカラナイ。マエト、イッショダヨ。ツカレテナイ。チガウヨ」。彼は族長の家に行った。族長は豹の毛皮でできたトック帽を脱ぐと土産の塩を受け取り、小さな澄んだ声で馬鹿正直に答えた。おそらく伝染病ではないか？　しかしながら、寝込んでいるものは誰もいないし、医者は客もいないので談義の木の下で足を広げて呑気そうにパイプを燻らせている姿が見られている。

人はこんなふうにひとりで、来る日も来る日も村人と向きあいながら生活することはできないが、振動をいちいち気に留めずにその磁気回路の中に閉じこもっているわけにもいかない。マレクにはもう原因を突き止めるために村人を問いただす必要はなかった……あきらかに部分的なストライキが起きていたのだ。その影響は店で目に見えるかたちで現れてきた。ほとんど袋がないのである。生産量は今では四分の三に減った。マレクは商品の値段を下げてみた。しかし、村の人びとは反応しなかった。こんなことではシリア人はへこたれなかった。セールや展示会をおこなうことを予告したり、おまけをつけたりした。結果、彼の店は働こうとしない者たちであふれかえってしまい、もはや商売は成り立たず、芝居じみたものになってしまった。

彼は気づいた「やつらは無気力になっている……甚だしく衰弱状態になるほどまで」

マレク自身もおなじように落ち込んだ気分になりはじめた。ひとりぼっちでいることが耐えがたくなってきた。ビシャラがコーラを引き取りにトラックを送ってきたが、それも一回だけだった。二ヶ月ものあいだ、だれもクルーにもどってこなかった。フランス人はシリア人に対してそれほど愛想よく接してはくれない。しかしながら、それでもダナネではアペリティフをやりながら何人かの白人に会うことができた。確かに、この地では恐るべきものはなにもない。しかしながら安全というものは物質的なものにすぎない……足元の地面が消え、地平線がなくなったようにマレクが感じるこの新たな孤独、この奇妙な砂漠はなにを意味しているのか？　彼らと議論することができ、権限を行使し、難題を切り抜けたりして、理解してもらえるというのであれば、ともかくも、このニグロたちもまたひとつの社会であると思えるだろう。しかし、このようにモノも言わない引いた態度、生気のない反抗的態度を前にして、なにができようか? 欺瞞のようなものが漂っていた。この黒人たちは、どんな禁忌に縛られているのだろう? このような状態が続けば続くほど、彼には彼らが用心深い様子でもったいぶっているように見えてきたのである。することがなくなったマレクは、ベッドに寝転んで読書をして何日も過ごした。

「おれも無気力な状態に落ち込みそうになっている。なんと伝染力の強いぐうたら病だろう!」

それからというもの、時は無為に流れていったが、彼にはそれを止めようという気持ちはなくなっていた。過ぎ去った日数をかぞえて何になろう? 原住民の唯一の関心は、マレクが歯を磨くのを覗きに行くことだけだった。恐ろしいほどの退屈があちこちに滴り落ちていた。寝っ転がったままのマレクは、財を成そうという気力が萎えていくのを感じた。彼の口のうまさも客たちになんの影響ももたらさなかった。そうなると、彼は黙ったまま、打ち捨てられた農園を歩き回るだけだった。

彼は頭の中で状況を整理しようと試みた。商売が不安定な原因はまさにそこにある。この農園は、影のリーダーの命令に従って反抗しているように見えるが、すべてを元に戻すことも可能だった。欲求や渇望を刺激してやる必要があった。

それからふたたび彼に憂鬱な気分が取りついた。なにかに対して戦っているが、そのなにかというのは休息のことか？　この平穏さを締め上げるのか？　この平和を打ち破る特効薬はない。

幕間——ジャングルの幕が彼の上に、彼の気力の上に、また彼の記憶の上にまで降りていた。すでにジャングルとの境目にあるカカオの木々は蔦に覆われもがき苦しんでいた。この美しい庭園を寄生生物がボロ着のように覆っていた。風景は変わってしまっていた。ジャングルの木々が押し寄せてきて、劣勢を回復し、彼の方までその手を伸ばし始めたように思えた。村全体が小さくなっていたのだ。

III

こうしている間にダナネでは、ビシャラが商売に精を出していた。もしくは、客が来るのを虎視眈々と待ち構えていたと言った方が正確かもしれない。ビクついて店の中に入っていく勇気のないニグロたちに目をつけると、その先を見越してまったくオリエンタルな機転を利かせて公道をフルに利用するのだった（レヴァント商人たちの度を超えたしつこさゆえ、ニューヨークではパークアベニューの上の方、パリではリヴォリ通りの舗道にまで溢れんばかりの商品を並べるまでになっている）。彼は筵の裏から買い手を窺っており、餌に食いつくやいなや、外へ飛び出して行き、それからは客を絶対に離さないのである。

ビシャラは、マレクのことを頭に思い浮かべると——そんなことは滅多にないのだが——悪態をつき始めた。バカな畜生ほど便りをよこさないもんだな。二ヶ月以上前にトラックを送ったものの、半分は空のままもどってきやがった。この世でまともな商売ができないシリア人などあいつしかいない。出資者に災難をふりかけるとは！　二五〇フラン分の商品が、あそこで、リベリアの近くの辺境で、台なしになりつつあるんだ！　で、コーラは？　コーラ、あれは、この金の延べ棒に比すべきモノ、金庫をたんまり満たしてくれるモノ、ぺしゃんこになった財布への強壮剤、目減りしていく銀行口座への治療薬なんだ！　いまでは、コート・ジヴォワールといえばコーラの実なんだよ。ナイジェリアといえば、カカオ、塩の棒といえばスーダンというようにな！

……ビシャラは一ヶ月の間姿を現さなかった。彼は髪を切って、真新しい服を着て海岸地方からやってきたところだった。その姿は総督本人と見紛うほどだった。

「で、マレクはどうした？」帰ってくるなり、彼は尋ねた。

国境地帯からの便りを受け取った者は誰もいなかった。それを聞いて、ビシャラは不安に駆られて怒り狂った。イヤな現実を前にすると、黒人というものは逃げ出すものだ。絶えずやつらを監視していなければ、ビジネス自体がなくなってしまうんだ。苦労して作ったものがたちどころに消え失せちまう。このいまいましい国で金が消えちまったんだ。そんなことを考えて彼は怒りを爆発させた。なにもない……まるっきり……無だ……誰もない……そして死。それがアフリカだよ。今こそクルーに行くべき刻だった……彼の大事なトラックがバマコで故障して足止めを食っていなければ、すぐにでもそこへ駆けつけていただろう。

出発する予定だった日、ビシャラは店の近くに、ひとりの白人が坐っているのを見た。この男は肌色からはそれとはわからなかった。というのも、炭小屋から出てきたばかりのように見えたからだ。汚いボロボロの服を着てもじゃもじゃの髭を生やしてモール人のようだった。穴の空いたかぶりものの下に彼はマレクの、亡霊のようなマレクの姿を認めた。彼は疲労と窮乏に打ちひしがれていた。

「おまえ！　これは……！　いったいここでなにをしているんだ？」

マレクは彼を見つめてひと言だけいった「食べる」

「どうやっておまえは来たんだ？　耳が聞こえないのか？」

相手は消え入りそうな声で答えた。

「歩いてきた。腹が減った」

「じゃあ、おまえは随分まえに、あそこを出ちまったんだな！」

マレクは指で数えた。

「六、七、……八晩かな」

原住民のように夜の数で日数を数えるようになっちまったか！　で、ニグロのように腹を空かしているとはな！

彼らの周りには黒と青の円ができていた。広場にたむろする野次馬たち、ニセの情報を触れまわる行商人の女たちといったアフリカの市場で見られるあらゆる種類のエキストラたちだった。シリア人たちはこのニグロの沼から抜け出そうとして、陳列品を蹴散らし、灰色のバターの玉を踏み潰し、陶器を割り進んでいった。魚の干物や原生する麻や熱っぽい体からのおぞましい臭気や饐えた香りを放つ群衆をかき分け、やっと彼らはビシャラの家にたどり着いた。筵をくぐるとようやく彼らふたりだけになることができた。

「終わりだ……終わりだ……」とマレクは繰り返すばかりだった。

「もういい加減にしろ！　で、商品はどうした？」

相手は答えなかった。

「それから、農園は？」

「誰も働こうとしなくなった……ニグロたちは頭がおかしい……」

「畜生め。あいつらの腸を引きずり出してやる！　だが、まずおれがしたいのは……」

だが、したいことはなにもなかった。というのも、マレクがうたた寝をしはじめたからだ。もどってきたこの生ける屍のような男に、冒険の一部始終をたどらせ、管理勘定の提出を求めることは馬鹿げていたからだ。疲れのあまり、彼はパンを手から滑り落とした。鰯を噛み砕く自信がなかったのか、浸かっているオイルを飲むだけだった。

「なんとか助かった」マレクはため息をついた。

「どうでもいいさ！　で、商品はどうした？　聞いてるのか？」

結局、この茫然自失とした放浪者のような男になにを聞いても無駄だった。彼は眠ってしまった。

目がさめると夜になっていた。さして哀れみの感情も持たないビシャラは、いとこが目覚めるのを待った。

「で、商品は？」

「ほうっておけ……売るべきではない……」相手は言った。

そしてふたたび黙りこくった。

ビシャラは、マレクが日射病にかかったのではないかと疑った。

「あそこにはもう行かせないでくれ……おれはシリアに帰りたい」

「キニーネはいらないか？　気分が悪いのか？　シリア人がシリアに帰るなんていうのは見たことがないぞ！」

「いいや、だけど、歯向かってはいけない……」

夜の闇が深くなるにつれ、マレクは息苦しそうになってきているように見えた。彼に気遣ってか、好奇心からか、ビシャラはアセチル・ランプを灯し、振った。本物のような白い太陽が打ちひしがれ、ベッドの上に坐っておなじことをくどくど繰り返しているこの東方人を照らした。

ビシャラは怒りを爆発させそうになったが、相手の男があまりに疲労困憊して意気消沈しているのを見て、ぐっとこらえた。

「話してみろ、聞こうじゃないか。おまえは怖いのか?……おれはアフリカのなんたるかを知っている。それがおまえの頭に直撃したのか?」

「おれはどこも悪くない。だけど、もしおまえがあそこを見ていたら! おそろしい……」

「で、商品はどうした?」

「なにも残ってない」マレクははっきりと言った。

「地震か? 戦争か? 火事か? いずれにせよ、保険でカバーできるさ」

「なにも残ってない」若いマレクは惚けたように繰り返した。

ビシャラはひと言ひと言この男から聞き出さなければならなかった。

相手はそれがどう始まったか言うことはできなかった。彼が気づいたのはただ、最初は従順だった原住民たちが、だんだんおかしくなって、仕事を放り出しはじめた……農園には誰もいなかった……彼がそこにとどまって、目にしたのは次のようなことらしかった……

「で、おまえはなにを見たんだ？」

「最初、おれはやつらが昼間に眠りこけるのを見た。眠り病じゃないかと思うほどだった。パームワインで酔っ払ったみたいに、その場でへべれけになって、立ったまま鼾をかきだしたり……」

「おまえは担がれているんだ、おれにはわかるぞ！」

「……やつらを問いただしてみたよ。悪意がある感じではなかったけど、きまり悪そうにしていたよ。やつらは足を引きずりながらやってきたよ。やつらは嘘もつく。答えを急がせると、やつらははぐらかして、答えるんだ『ワタシ、アタマ、ツカレテル』ってね」

「バカ野郎。そんなときは、女たちに喋らせるんだよ！」

「女たちもぜんぜん喋らないんだ。やつらは見下したような笑いを浮かべ、体を揺らしながら脇の下なんかを掻いて、とんがった歯の間から葉っぱのカスを遠くに飛ばすだけなんだ」

「ガキたちはどうなんだ？」

「ダカールの政治家がやるみたいに、ガキたちを撫でたりしてもまったく無駄だった。ぜんぜん効果がなかった。黙らせておくために、親たちはやつらの口の中に水を無理やり含ませておいたのさ」

秘密のタムタムか？　彼はそのこともなんども考えた……

結局、それがなにか名指すことはできないが、彼らはなにものかをひどく怖がっていた。首から赤い革の護符をつけた呪物師たちにアペリティフをおごっても無駄だった。彼が尋ねると、人びとは困惑した表情を浮かべ、リベリアの方のジャングルを見つめるのだった……自分も、なにかを探すとしたら、その方向だということに気づいていた……と、マレクはつけくわえた。「ひとりきりで生活し、だれも喋り相手がいないと、人は動物のようになるんだ……物事を頭で考えることはなくなり、鼻や皮膚や体全体でそれを感じとっていくようになるんだ」。経験は積んだ。それがなんだかもわからずに……

「ある晩のことだ。おれは外の匂いを嗅ごうとしたんだ。月が出たばかりだった。おれは村を横切った。するとだれもいない！　あたかも原住民たちは、囚われて連れ去られたかのように、または、この場所が呪いにかけられでもしたように、箒で掃かれたかのように、綺麗さっぱりいなくなっていた……一箇所に固まった鶏たちと鳴き声をあげている羊だけしかいなかった。耳を聾するほどの静けさだった。旅立ったのではない。逃亡したのでもない。移住したのでもなかった……おれはふたたび眠りについた……翌朝、目がさめると住民たちはみな、よみがえったように、もどってきていた。翌晩、彼らはふたたび姿を消した。そこでおれは自分のコルトの拳銃を持ち出して外に出た。こんどは隠しだてを突き止めようと決心したんだ」

　とはいえ彼に勇気があったわけではなかった。シリア人は無駄に危険に身を晒したりはしないものだからだ。しかし、彼は自分だけがのけものにされることが耐えられなかったのだった……自分の知り合いではない何千人もの人びとが暮らす街では、他人がなにを考えていようが気にならない。しかし、村は違う。それはひとりの人間だ。人は目の前の人間が秘密を抱えていることにそうそう耐えられるものではない。

「南の方向に、いましがた踏みしめられたばかりの葉むらがあった。数珠繋ぎになった五百人もの原住民たちが通った痕跡だった。おれは一時間ほどのあいだやつらの後をついて、ジャングルにたどり着いた。そこでは木陰と夜の闇が混じりあい、静けさがいっそうおそろしいものになっていた。すべてが眠りについている時でも、ラグーンだったら、少なくとも数匹の蚊はいただろう。河の上だったら時には魚が飛び跳ねることもあっただろう。しかし、その場所にはなにもいなかった。まさに真の意味で墓場のように静まり返っていた。おれは懐中電灯の明かりを頼りに茂みの中を突き進んでいった。少し前から、おれはリベリア領内に入り込んでいたはずだ……おれはひっくり返った木々を避け、水たまりを飛び越えた。すると、ついに火が見えた……おれは茂みから飛び出した……

＊

やつらは全員、そこにいた。立っているものもいれば、しゃがんでいるものものもいた。あるものは月光に照らされ、蒼ざめて見えた。火の近くにいたものたちは赤く見えた。ダンスをするものは誰もいなかった。祭りや狩りを知らせる太鼓はなかった。なんと言えばよいのか……おれが思い出したのはむしろ祝別式だった。昔、映画で見たブルターニュのパルドン祭りだ。おれは藪の中の隠れ場にとどまって、観察した。目の前に一本のパンヤノキがあり、ふたつに分かれた幹についた葉むらがおれのことを隠してくれたんだ。その幹には牛の頭蓋骨がいくつも飾られていた。そこから何本もの釘が突き出していた」

「なんと、おまえは呪物の木に腰を抜かしちまったのかい！」

「待ってくれ……考えてもみてくれ。この木は喋っていたんだぞ！　甲高いヒステリックな声が上の方から降ってきたんだ。それを頭で理解することはできない……村の呪物師だけがその奥義に通じていたようだった。というのも、その目に見えない存在が口を閉ざしたとき、彼は地面に耳をつけ他のものたちに口伝えをしてやっていたからだ。おれはラフィアのブレードを付けた衣装と、オーカーと石灰を塗りたくった裸の上半身とツノをつけた仮面におおわれた異様な姿を見てやつだとわかったんだ……やつは口伝えをやり続けた。それはまわりにいるものたちに次のようなことを言うためだった。悪霊と戦うためによい精霊を支えなければならないとか……また幾晩を経た後、人びとは本当の名を名乗るようになるだろうとか……天がサインを送ってきたら、その時、貧しさと引き換えに豊かさを手に入れるだろうとか……たぶん使い方を知っていると思うが——木の切れ端を手に持っていたんだ。自分の演説に説得力を持たせるために使うのだけど、それに応じてだんだんとやつはそれを地面に差し込んでいくんだ。

おれはといえば、やつらを見ていたんだ。おれの村のニグロたちをね。やつらは頭を上げて、なにかを待っているかのように、暗い夜空を見つめていた……おれはやつらよりうしろにいたから、なにも見えなかった。だけど、おれは、声が聞こえた時、枝の後ろ、ジャングルの奥になにか尋常じゃないものがいるのを感じたんだ。なにかが通り過ぎる、そう、質量をもった意思のようなものが大気の中を通り過ぎるような気がしたんだ。きっとそこにいたのは敵だ。やつらがその命令に従っていた隠れた主人、ストの先導者だった。その口上があまりにも高圧的に他を圧するように人びとの上に降ってきたので、意味も分からぬまま、説得され、従うしかなかったんだ……」

ここでマレクは再び立ったまま朦朧とした状態になった。しゃべることは困難になっていいよどんだ。興奮から醒めたのだ。

しかしながら、ビシャラは、いとこが闇の中、女たちのくるぶしについたアンクレットの音——そこでは小さい切れ込みにはまっているガラス玉が音を出していた——それだけを頼りにニグロたちの後をついて村へもどったことがわかった。その後、マレクはなにもできなかった。なにも気づかなかったのか？　いや、なにも。次の日、長談義の木の下で行われた長い演説が引き起こした極度の熱狂状態以外は。先祖たちが彼らの言葉を地面や穴の中に入れてすぐに塞いだ秘密の忠告について話すのが聞こえた。

「それはマズイな」ビシャラはさえぎった。

「そう、それからもっと深刻なことが起こった。女たちと子どもたちが姿を消してしまったんだ」

「戦争の前触れか？　それとも反乱か？」

「ぜんぜん違う。これは誓ってもいいけど、おれにもわからないんだ……アフリカではこんなこといちども見られたことがないと確信しているんだが……」

憔悴して、この瞬間、マレクはまた尻込みをした。弱さが彼に再び取りつき、眠気を引き起こした。ビシャラは彼が失神しないか心配になり、飲み物を与えた。

「おれは八日間歩き続けた」と若者は言った。「赤い蟻が……足をいっぱい噛まれてしまった」

ビシャラはランプをつかむと水を探しに行った。そして、水にタバコの切れ端を浸し、この煎じ薬で彼の両足を洗ってやった。

翌日の晩。それほど長いあいだ待つ必要はなかった。マレクは恐ろしい叫び声や咆哮や、打ち鳴らされる警告を知らせる太鼓や鍋をぶつけあう音から生まれた振動で目が覚めた。

彼は寝床から飛び出した。村全体が燃えていたのだ。

「おれはカービン銃を持って外に出た。そう村が燃えていたんだ。より正確に言えば、狂気に取り付かれた原住民たちが火をつけて回っていたんだ。ブタたちが、ワモンゴキブリとおなじように、的外れな方向へ逃げ惑っていた。家畜用の囲いの中に閉じ込められて、焼き網の中にいるような動物たちはうめき声をあげながら焼け焦げちまっていた。運よく数匹の家畜が逃げ出すことに成功しても、ニグロたちは棍棒や鈍器で殴り殺していたんだ……数週間前までのやつらの無気力さや陰気な沈黙はすっかり消えていた。やつらは狂喜して、勝利の雄叫びをあげていた。地獄絵図だった。すべてを破壊する祭り……綱を引いて人びとはトウモロコシの貯蔵庫をひっくり返し、その実の中に飛び込んでいった。やつらはナタを振りかざして、綿畑になだれ込み、まさに象のように耕作地をひっくり返し、猿の群れのように楽しそうに収穫を台無しにしていた……

やつらは大喜びで活動に没頭していたので、おれにまったく注意を払っていなかった。おれに近づいてくるやつらは、おれを攻撃するどころか、逆に自分たちの喜びをおれと共にしたいっていうように見えたよ。一年前から手塩にかけて作っていたものが破壊されつくそうとしていた……店は村の少し前の方の路の端にあっただろう。炎はそこまでは届かないはずだった。誰かがそこに火をつけないかぎりはね。だけど、やつらは見逃さなかったんだ。裸のガキたちが松明を持って現れた……おれはやつらを追っ払ったさ……波模様の鉄板に火をつけるのはたやすいことじゃない。倉庫のところまで入ってこなければダメだった。だけど、そこにはおれがいる。おれは空中に向けて銃をぶっ放した。けれども怖がるどころか、それはおれが興奮していることを示すためにやったんだと信じきって、やつらときたらよろこんでおれを迎え入れたんだよ。やつらは炭をつかんで、そう、手に持って、乾燥した棕櫚の葉で出来た屋根に放り投げたんだ。やつらは喚き声をあげながら火の中に飛び込んでいったんだ。そして、おれにもおなじようにするように叫んだ。火は身を清めてくれるからだそうだ。そこで、おれは銃床を使いながら、やつらから抜け出そうとしたんだ。やつらは黒い濁流のようにあらゆるところから、店に入ってきて、備蓄品を切りきざみ、ガソリンの入ったケースをボコボコにし始めたんだ……おれは小屋に鍵をかけようとしたんだ……でも、やつらはその邪魔をした。もっともそれ以外に暴力を振るわれはしなかったけどね。でも、おれが抵抗したら、なぶり殺されていただろうね。だけど、狂喜乱舞しながら、やつらがしたいこと。それは破壊することだった……

星空にはいくつもの流れ星が輝いていた。

IV

ダナネの行政官は、ふたりのシリア人を円柱をあしらった彼の瀟洒な邸宅に迎え入れた。マレクは、彼にふたたび自分が体験したことを話した。銀の刺繍を施した服を着たそのフランス人はすぐに民兵たちに命令し、翌日現地へ視察に行くと宣言した。マレクはそこについていくことになった。

夜明け前に出発した彼らは、午後の早い時間にはそこに着くはずだった。しかし、彼らが目的地に近づくと、クラクションの音を聞いて、ニグロたちがジャングルから出てきた。マレクは彼らを見たことがあった。

「こいつはクルーにいたやつです……こいつもです」

みな灰まみれで疲れ切っていた。

彼らは食べ物を欲しがった。彼らに食料が配られた。一キロ進むごとに飢えた逃亡者たちの集団に出くわした。

「おまえたちはどこへ行くのだ？」

「司令官の家に。食べに」

彼らの口からは何も聞き出すことはできなかった。

いつも決まって「バナナ　ハ　モウ　ナイ、トウモロコシ　モ　ナイ……」いうだけだった。

「救援隊を組織せねば……」

さらに進むと別のグループに出会った。彼らは負けず劣らず疲れ切っていたが、さっきのものたちよりも知性があった。彼らは飢えで死ぬかもしれない。自分たちのミスのせいだ。なにをすればよいのか。彼は喋っていたのだから。

「誰が？」

彼らが口を破るまで長い時間を要した。彼らは恭しげに「ゴリ」と言う名を言った。ゴリとは野生の牛の魂で、ジャングルから帰ってくるという。ゴリは、その氏族の守護神であり、大きな角の生えた彼らの祖先だった。

「おまえのゴリはいったいなにを命令したんだ？」

ゴリは、豊かになるためには全てを破壊することから始めなければならないと彼らに説明したのだった。なにも恐れることはなかった。彼らは選ばれた村だったのだから。ある夜に空が流れ星で溢れるという。その時、天上で彼らすべての運命が決まる。というのも、これらの星はその下で、その夜、よい精霊が悪い精霊を押しつぶした時に発される放射物にすぎないからである。ゴリは敵を避けるための魔術的な方法を彼らに与えてくれた。そのため、彼らは「星降る国の人びと」という新たな名の元に生まれ変わらなければならなかったのだ。そうすれば、すぐに火の徴の元、彼らは繁栄を手中に収めることができるかもしれないからだ。しかし、最初の犠牲は火に対するものでなければならない。破壊すること。それは火を模倣することだった。すぐに、農園は破壊され、木々は引っこ抜かれ、家々は燃やされ、そうまさにその日に、おなじ瞬間にゴリは、すべてがふたたび元に戻ると請け負ってくれていたのだ。水はいたるところから湧き出て来るだろう。種は風船のように膨らむだろう。バナナの木はバオバブの木よりも高く伸び、百もの総をつけ、バナナだけではなく、自転車やズボンやオルゴールをも与えてくれるだろう。草は美しい魚をたわわにつけながら大きくなるだろう。家々はひとりでに屋根から作り直されるだろう。豹たちが皮を捧げようとやって来るだろう。

そういったわけで、彼らはより多くの収穫、より丸々太った家畜を期待しながら、従ったのである。より豊かな未来のために、彼らは現在彼らに与えられているすべてを殺し、破壊しつくしたのである。

*

白人たちはその晩に到着した。

そうだ、牛の頭を持ったゴリがしゃべったのだ。クルーには、なにも残っていなかった。

今ではパンヤノキは切り株になり、いちばん背の高いカシューナッツの木も根元しか残っていなかった。他の木は立ったまま燃やされ、真っ黒になっており、緑だった葉も赤い紙のように変色していた。高炉のように、これらの木々は中の芯のところから焼きつくされていた。農園はといえば、もっとひどかった。バナナの木の葉はすべてくしゃくしゃになり黄ばんで、古いドレスについた羽根のように一枚そして一枚と落ちていった。草はなくなり、雑木林は木炭に変わり、一様に白い土地に数千もの黒い縞模様をつけていた。

「おれは破滅した！」茫然自失となったビシャラはいった。「暴動だったら保険は利かない！　アフリカが消えちまう！」

「われわれが負けると、アフリカは消えていく」行政官は厳しく言った。「異義を申し立てる？　誰に？　精霊を軽罪裁判所にしょっぴくわけにはいかない。みな原住民の諺を頭に思い浮かべていた。

「痛みを腹に収めよ。それは復讐するよりもずっとよい」

リベリアの森は、その威光に魅了されこの村を破壊しつくしたものたちにふたたび閉ざされた。

まだこの窪地には不安な気持ちが澱んでいた、

「精霊たちは、森を伐採したり、道を作ったり、種をまいたりすることを嫌うのだ。そういったことは魔術的な生活を弱めるからだ」と行政官は結論づけた。

ふたりのシリア人はその男を見つめた。年上の方は落胆して、若い方は唖然として。ヨーロッパとアジアの境界に生まれた彼らは彼らの商売人としての自信をぐらつかせる東方の驚異が何世紀もの時間を超えて彼らのうちに高まってくるのを感じた……

最初の男ビシャラは抵抗した。彼にあっては白人種の血が勝ったのである。

「やつらの神々など糞食らえだ、また最初から始めるさ」

クルーは目を盲いさせるほど白い灰の塊でしかなかった。数本の家畜用の囲いの黒くなった杭が立っているのが見えた。焼け焦げた石で出来たいくつもの大きな円は今もなお家があった場所を指し示している。付近には生き物はまったくいなかった。ただ、ピンク色の手袋をはめたひとりの癩病患者がいたが、彼らが近づくと逃げてしまった。火は消えていた。しかし、地面からはまだ煙が上がっていた。シロアリの巣だけがそれに抵抗していた。その場所で焼かれた巣は、火によってひび割れた円錐形の土でできた鍋に似ていたが、すでにやがて来る受精に備えるいきり立ったファルスのように見えないこともなかった。

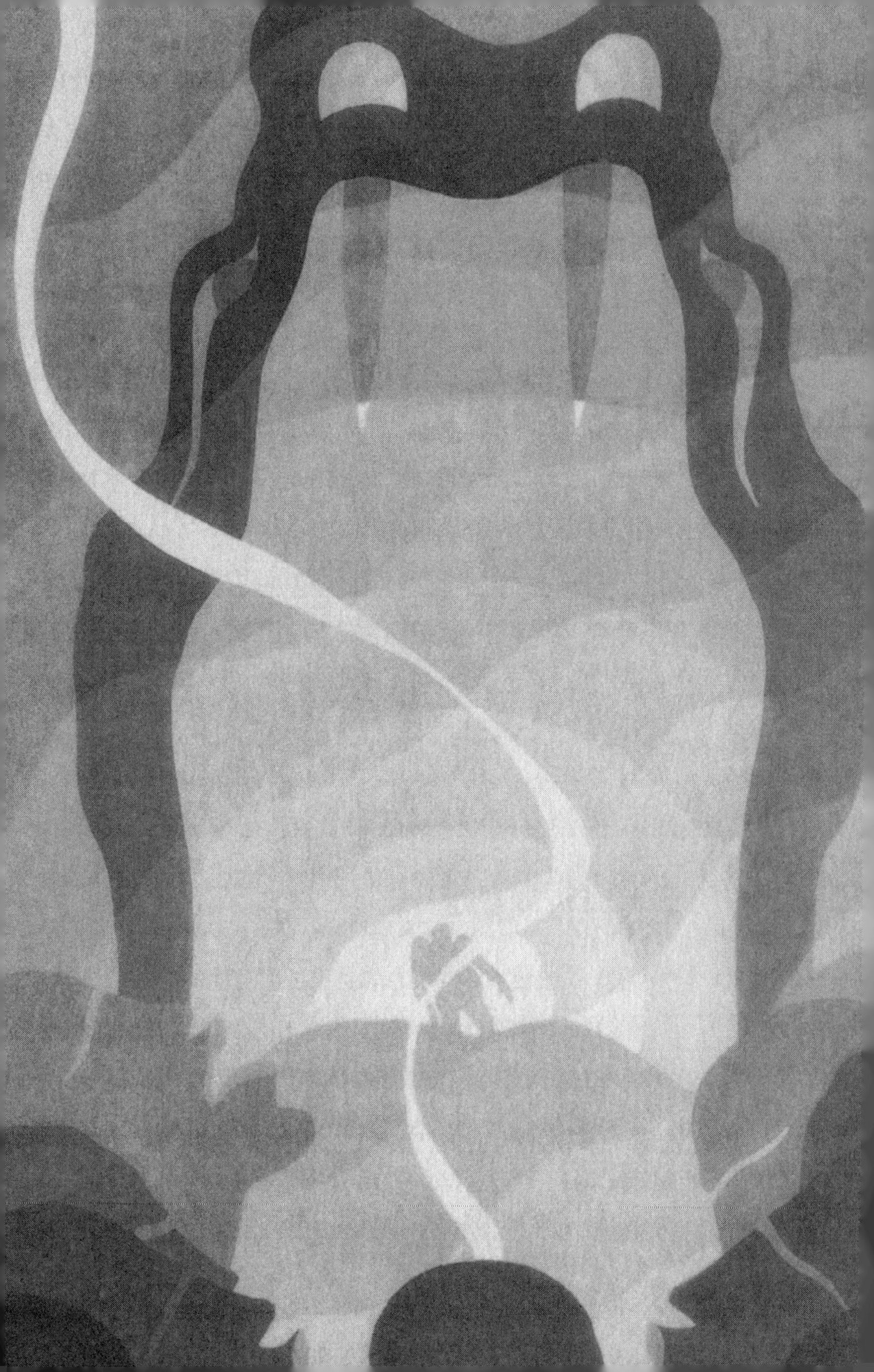

角のない山羊（スーダン）

「ああ、自然の最後の息子たちを彼らの母の胸の上に抱かれるがままにするがよい。二十世紀もの間の省察の賜物であるお前たちのドグマによって、子どもたちの遊びを中断させてはならない」

ルナン『科学の未来』

I

空は海のように穏やかだ。その下で風景は、このペラギウス的イマージュと歩調を合わせ、深海を思わせるものがあった。岩が押し寄せる波のように切り立った断崖[*1]。その麓にはうねった砂がぶつかって消えていた。アカシアの木はビワガライシやクロサンゴに似ていた。穏やかな海水こそなかったが、それでもそこは大洋だった。スーダンから伸びる街道はくねりながら坂になり、岬の先のところで急に険しさを増す。そしてその先に行くと、高度は数百メートル低くなり、オート＝ヴォルタ[*2]へ抜けるのだった。その一帯は震えるような暑さで、太陽が昇るとともに気温を増していった。この地獄に欠《か》けているものといえば、炎くらいなものだった。自動車も馬もラバも危険を冒してまでそこに入り込もうとはしないのである。

＊1　イシサンゴ類の珊瑚。
＊2　ガーナのギニア湾に流れ出る旧フランス領西アフリカ、ヴォルタ川上流地方（現ブルキナファソ）を指す。

人が近づくにつれ、その断崖にはたくさんの洞穴が穿たれ、天然の井戸が口を開けているのが見えてくる。そしてその仕切り自体が水平に掘られており、地下の部屋へと通じていた。ロープがあれば、それを伝ってそこに滑り込むことができる。

摺鉢穴のひとつの奥の方で、なにかが動いていた。なにかしら巨大なものがその中で暮らしていた。そこでは風景は青緑がかっており、隆起した岩はヒュドラのようだった。

II

ツバメの巣のような粘土で固めた立方体とその幾何学的な青い影の間にある村の広場では、暴力的なまでに仮借ない真昼の陽の下、一時間ほど前から、モングコウ王がダンスをしていた。劣化したオイルを塗りつけた車輪のように、村に住まう黒人の従僕たちが彼のまわりを取り巻いていた。巨大な体つきで、そのビロードの服のためにいっそう重たげに見える王は背中に荷物を背負っていた。それは二色のフラスコ瓶のようなもので、中に土が入っていて五〇キロほどの重さになっていた。彼はそれを頭の上に、こわばった二本の腕の力によって、首のところで支えていた。彼はプロレタリアのように汗を流していた。腹の脂肪の弛みからは水が滴り落ちていた。彼が喘ぐのが聞こえた。当然のことながら、はらわたを満載した一ミュイ入りの樽の重みになんとか耐えていた両足は、さらなる試練のために震えていた。足はもはやほとんど上にはあがっていなかった。

そこで黒人たちは太鼓に合わせてリズムをとるわけでも、歌うでもなく、黙って君主の踊りをまわりで見ているだけだった。重々しい沈黙は、時が経つにつれ、いっそう耐え難いものになっていった。これはもはや円舞というよりは、碾き臼を曳く老馬が足を引きずりながら回っているようにしか見えなかった。曲がった背中からは椎骨の線が飛び出しており、それがいっそう醜悪な印象を与えていた……彼の足の迷宮の中で彷徨いながら、特権に押しつぶされそうになりながら、その男は憔悴していた。筋肉がよろめく度合いに応じて、自分の権威が失墜していくのを目にすることになっていたからである。儀式の目的はそこにあった。毎年おこなわれるこの儀式を通して、専制君主は、民たちの前で彼の権力の正当性を証明しなければならなかった。この重荷に耐えきれないリーダーがひとりで国を統治することを承諾するなど、この風変わりな想像力の持ち主たちにとって理解を超えたことだったのだろう。彼は一年ごと、自身が耐えることのできた苦役の代償としてはじめて統治する権利を手に入れるのだった。一時間後に苦境から抜け出して、政敵たちを落胆させることができていたならば、供物や献上品などほかの多くの補償が彼に与えられていたかもしれなかった。しかし、膝をついたり、根をあげたりすれば、不幸が待ち構えていた。そうなると、まもなく彼を咎める民の裁きが下る。呪術師たちがいうところによれば、君主の弱さは、すぐに土地を痩せ細らせ、収穫の減少に直結するからだった。

すでにモングコウ王は苦境に立たされていた……

III

岩に囲まれた穴の奥で暗闇に目が慣れてくると、動いているのは巨大な蛇であることがわかってきた。うろこに覆われ、緑と黄色の縞模様で、腹のところが持ち上がると槍の刃のように金属質の光を放った。最初はとぐろを巻いていたが、からだを伸ばしたかと思うと、輪切りにバラバラになった。そのひとつひとつの塊は人間、つまり裸のニグロで、からだに点模様を塗っており、カモフラージュされた大砲を連想させた。顔のところには両目のところがぽっかりと空いた蛇の皮で作った仮面で覆われていた。

秘密結社蛇人間のメンバーは見張りやスパイの目から離れたこの断崖の奥のところにいつも集まっていた。人びとはかつてはみなそこに住んでいたのだが、今は無人となっていた。フランス人たちがこの洞穴生活者たちを追い出すために戦争を仕掛けてからというもの、彼らは平野部のあちらこちらに分散してしまったのである。

中央で西から吹いてくる風のように乾いてしゃがれた声の演説者が弁を奮っていた。「力を失ったものに永遠の別れを告げる時が来た……」（歓声が沸き起こった）「長い間、われわれの乳であり蜜であったものはもはやいらない。乳は饐《す》えた匂いを発し、蜜は発酵し始めてしまったからだ……」

昨日、民の前でダンスをした時に、モングコウ王の力が弱まってしまったことは周知のこととなった。しかし、彼の属する秘密結社が許可を与えない限り、王座から追いおとすことはできなかった。それが、その日、王抜きで兄弟たちが集まっていた理由だった。用心深く彼らは離れたところから参加していた。というのも太陽の末裔の王たちを見てしまうと目が焼けてしまうからだった。

仮面をかぶった演説家は口を閉ざした。袋を開け、開口部を窺っていた……。突然、中に手を伸ばし、拳に力を入れ筋肉を膨らませ、頭のところをきつく抑えながら……、ニシキヘビを取り出した。外に出されるとすぐに、その生物は腕に巻きつこうとし始めた、黒人は尻尾を足で押さえつけ、蛇が地面に足場を持つことができないようにした。そして、力を込めて見境いを失った蛇を逆方向にほどいていった。体のおなじ模様の斑点をつけおなじように身をよじる両者の姿は、ケーリュケイオンの闘いを思わせるものがあった……。うろこで覆われた背中を見せる代わりに、蛇はすべすべで黄色い腹を見せていた。その目は怒りでギラついていた。負けたのだった。拝蛇教の信者は拳を開き、ぐったりとした蛇がしたたに滑り落ちた。会員たちは蛇がどのような砂の上に文字を描いているか見るために駆けつけた……神は不屈の男の死を望んでいた。

IV

乾燥させた土で作った塔がそり立つ宮殿の中で。モングコウ王は白木に熱した鉄で目玉模様を焼き付けた豹の形をした王座に坐り、裁判を執り行っていた。

傍聴席の壁はアンテロープの頭蓋骨、パリの女優たちや飛行士たちの写真で飾られていた。王の背後には、植民地の奨学金をもらって美術学校へ行った学生の描いた全身像が飾られていた。この生身の人間と描かれた姿のコンビネーションが人びとを圧するような不安な気分にし、その目を疲れさせはしたが、なんとか差し向かいになることによって王に目を向けることができた。彼の姿はかつて見たことのないほど太っていた。脂肪のたるみに隠れた目の奥からは、冷酷さや知性、奸計に長けた様子を伺わせる光が発せられていた。彼はせわしなく息つぎをし、弱まったポンプとなった心臓はもはやまどろんだ体の奥にまで血を送り出すには十分ではなかった。彼の唇からはほとんど言葉は発せられなかったが、キビのビールの入った容器を口に運ぶ時には開いた。この数リットルの発酵飲料を飲み、過度の食事と夜の営みを引き受けることが彼にとっての唯一の儀礼だった。その際も、ものぐさな王のために民が彼の体を起こしたり、おろしたりすることがしきたりとなっていた。

カレームのカズラとおなじ紫色のビロードの服に身を包んだこの専制君主は黒ミサの司祭に似ていた。彼は全能の機械にすぎなかった。その土地には何の価値もなかったが、彼はこの砂漠の事実上の所有者であり、荒壁土でできた城塞に住んでいた。そこでは夜になると、テラスにライオンから逃れてきたヤギたちが眠りについていた。彼は、かつてはセビリャからトンブクトゥまでを支配下に収めていた偉大なニグロ王朝の最後の威光にすぎなかった。いうなれば二百人の妻と千八百人の子どもたちに囲まれ、コーランの精神に則った護符を首に巻いた二台の鉄製の大砲に守られ、穴の中で孤立した生活を送っていた。

＊＊＊

廷臣たちが、王座の両脇の階段のところで王を仰ぎ見るように控えていた。整った顔立ちの小姓たちが、銅製のゲートルを履き、女のような白い服を着て、また微動だにしない毛髪には女のように羽根飾りをつけていた。彼らはしゃちほこ張りながらも、優美で愛想のよい表情を浮かべていた。それはヴェネチア風階段の下で松明を掲げた極彩色の木でできたニグロ像の表情にも浮かんでいたものだった。彼らのうしろにある窓は開いており、そこから、壁につかわれているマスティックのありふれたはっきりしない色彩が見えた。そこからは綿布の青い色とトルコ帽の赤色がくっきりと浮き上がっていた。それは女たちの小屋だった。この太った妻たちは、人目から隔離されていた。彼女たちは、甲高い声をあげて争ったり、脱毛にでかけたりして遮られる以外は、長い眠りの中に閉じ込められていた。

モングコウ王は朝から正義の執行を、つまり、税を徴収していた。天上高く登った太陽がやがてくる午睡の時間に王を誘う。小姓たちはヴィオールを奏でる。うずくまって大臣たちは金勘定をしている。雨乞い師たちは、ラフィアの服の下は上半身裸で、彼らのうしろに控えている。大物呪物師たちも、鶴が飛来する遠くの国からやってきた小人たちのうしろに付き従っている。この小人たちは鳥の鳴き声によって便りをやりとりするという。

頭を剃り上げた宦官たちは、顔中に慎みぶかさを浮かべながら、干からびた老婆のように、部屋の奥に立っていた。

＊＊＊

モングコウ王は金の刺繍のついた赤い帽子をかぶっていた。彼が不幸な運命に悪態をつく。彼は聴衆たちを立たせる。ファンファーレが鳴る。平伏する列席者たちのまんなかで、馬の尾でつくった旗で敬意を表され、腹を前に突き出し、熟れたカボチャのように頬を垂らし、息切れしている化け物のような様子で彼は住居へと帰って行った……

いま彼はベッドの上に腰掛けている。そのベッドは彼の重みに耐えられるようにダカールで特別に作らせなければならなかったものだった。扇いでもらい、彼はその心地よさに身を任せた。ガラス棚についた鏡をゆったり覆う幕を引いた。——というのも、そこに姿を映すことが許されているのは王族だけだったからだ。彼は一筋の傷跡のついた左のこめかみに手を置いた。今日、彼の世話をするのはどの妻だったか？　彼にその名が伝えられた。彼はいつも床に坐っている——腕にピンク色の銅製のブレスレットを巻いた——ひとりの小姓に合図を送った。ほかのニグロたち同様、刺激物には目がない王は大麻を所望した……彼は汗をかいていた。船に新たにコーキングを施すように、タールのように光を放っていた彼の肌はスポンジで拭かれた。

その小姓は、戻ってくると跪《ひざまず》き、敬意を込めた抗議の表情を浮かべながらすりつぶした種を入れた皿を差し出した。奴隷の彼はベッドの足元に彼のすべすべした体を横たえた。その上には小さい頭が載っており、さらにそれは若い美しさを湛えた髪が厚みを加えていた。白い毛布の上で、じっと動かず、しかし虎視眈々と機会をうかがっていた。彼の視線は二股に分かれた蛇の舌を思わせた……

この部屋は、素焼きの壷に入った貴重な水と同様に、炎天下にあって、ひんやりとした暗がりをうまく確保していた。そこには言い表しがたい怠惰さが充満しており、皆がいまにも眠りにつこうとしていた……

とつぜん、部屋の主は起き上がった。なぜこんな叫び声をあげるのか？　水から出されて日の下に晒されている鯉のように、息ができず口をパクパクさせていた。彼は、口の中に苦い味がすると訴えた……彼は呪術師を呼んだ。門衛の女たちがすぐに立ち上がった。小姓たちはモングコウ王がベッドから降りるのを助けた。しかし、王は彼らからすり抜け、筵の上に這いつくばって、黒人女がこれから出産するような格好で、じっと動かなかった。

ついに彼はうつ伏せて地面に伸びて息絶えた。

V

いつ終わるともしれない、後継者争いが始まった。後継者はひとりではなく、一万人もいたからだ。新しい君主が指名されるまで、民には王の死を伏せておくのがしきたりだった。せいぜいできたことといえば、付近の村々に王が病気に伏せっていることが広まるようにしたくらいだ。すると夜明けから、王の回復を信じて、多くの兵士たちが長い砲身の火縄銃で悪霊たちを銃殺し、多くの呪術師たちは身を痙攣させていた。

王宮では王はまだ生きているように見えた。ほんの一瞬、王の赤いビロードの長衣や金色のトック帽が通りかかるのを見た者も現れた。食事のたびに、彼の好物が部屋へ運ばれ、皿は空になって戻って来た。セルクルの行政官たちに宛てた手紙には相変わらず王の筆跡が認められた。王に防腐処理を施した者たちは、地面に穴を開けて、そこで生技を昼夜問わず燃やし続けながら王を大鍋の中で燻製にし、次の後継者えらびの秘密会議でながながと話し合いを続けていた。

宦官たちが同盟を組み、統一見解を出そうとしている間に、王位継承者は実質的に決まってしまっていた。それは、死者になりかわって、彼のワインを飲み、彼の言葉や身振りや重々しい歩き方を真似していた男だった。夜になると、この男は王の寝床に入り、ハーレムの女たちを、自分の母親も含め、ひとりずつすべての女をものにしていた。

毎晩、火の灯りの中、ダンスが行われた。地面は震えた。闇や光、叫び声や顰め面が交互に現れた。太鼓が、すぎさった王朝を復活させようという希望を持って鳴り響いた。とはいえ、その願いは儀礼的なもので、誰もそれを信じてはいなかったが。

VI

しかしながらモングコウ王は再びやってきた。死体の傍で、呪術師たちは、王の亡霊が横たわっているのを見たのだった。亡霊は、肉体から分かれた気体状の人格であり、死後にすぐになくなってしまうはずのものだったから。いま残っているものは、人間のうちにあってもっとも恐ろしく、承服させ難い部分だった。つまりそこにあったのは王の魂だった。鬼火となった王は、鷲や猿や蛇に扮してたびたび現れた。しかしながら、彼は骨壷の中に閉じ込められ、上を石で封印されていたのではなかったか？　王が腐敗しないように、彼の傍に置かれた甕に彼の血を入れきっちり蓋を閉めたのではなかったか？　王宮側についている信奉者たちの大部分は、みずからの手で王を埋葬したのだった。しかし、魂は自由に動けるのだった。亡骸を入れた壺のまわりにある埃を注意深く掃除して通り道ができないようにしても無駄だった。冠を戴いたこの呪術師はかつてよりもずっと恐ろしい存在になっていた。

王を失ったこの結社に、あらたな秘蹟がつけくわわった。王だけに許されたより高貴な死者の秘蹟だった。死んだ呪術師というものは、普通は生きている者たちからしてそうであるように、平民出身の者しかいなかった。死者の世界でも貴族に太刀打ちできる存在ではない。どんな試練によっても奪い去ることのできないこのあらたな王権の高みから、モングコウ前王はすべての呪術師に猛然と立ちむかった。それだけではない。王は昔の仲間たちをも脅かした。彼らのうちの何人かは医者で、どんなにか邪悪な原理によって、抜き差しならない危険に自分たちが巻き込まれているのかをよく承知していた。さまざまな不幸の到来が予期された。供物にされた羊や犬は鳴き声を上げることがなかった。不吉な徴である……王宮に通じた親族を持つ「蛇人間」たちは、彼らを通じて死者の衣服や身のまわりのモノを燃やしてもらった……無駄な努力だった。というのも、その夜、泥を乾かした塔の上から、見張りがハイエナの姿をした王がやってくるのを見たのだった。それは人間の顔をした巨大な獣で、唸りをあげつづけながら、なにも恐れることなく前に進んできた……それからというもの、王の名を口に出すことは禁じられた。闇の中で、夜の身元を示して、この邪悪な魂に目印となるようなものを与えないようにするためである。それも無駄だった。しばらくすると、地面の上、一メートルほど上にさまよう火が現れ、女たちを突き飛ばし、子どもたちを突き落とすことに気づいた。明らかに、この死者は休息の地を見つけることができないのである。それからというもの、安全なものはなにもなくなった。

そこで「蛇人間」たちは彼らの昔の仲間に忘却の果実を味合わせようと決めた。つまり、この上なく美しい住居を与えて、けっして人に危害を加えることのないようにさせるのである。

VII

モングコウ王の死が公式に発表された。王宮では、死者に対する最上の死化粧の準備がすすめられた。墓掘人たちに死体を洗うように依頼し、起き上がることが出来ないようにその足の骨を砕いた……

大きな甕を開けるとそこは空だった。給仕長のハベは言った。

「謎は謎のままでなければならない」

死の秘密を明かそうとすることはそれをさらに冒瀆することだ。誰もが死をひどく恐れている……王の姿をしたミイラは、それゆえ、あるべき場所に、つまり寝台の上に置かれた。

合図をいまかと待ち構えていた泣き女たちは、みな不意を突かれて、小屋から出てきた。彼女たちは、黒い猿たちよりも鋭くしつこい泣き声を上げ、瓶の底をぶつけ合った。彼女たちは大理石のブレスレットや、先っぽが擦り切れてふくらはぎのまわりに羊毛の輪っかのようになった古い靴下までをも脱ぎ捨てた。洞窟の奥から響いてくるようなくぐもった葬礼の太鼓の音を合図に人びとが集まってきた。男たちはくるぶしに鈴をつけ、手にやりを携え、頭には貝でできたベルトをつけ、腰には青い葦を巻き、戦いの衣装に身を包んで現れた。

人びとは愛する者へ最後の旅のために必要な食べ物を運ぶために城塞の方へと歩いて行った。村長たちが乳や塩や白い鶏の入った瓢箪を持ってやってきた。全員が身を清めるために入り口で立ち止まった。それから裏庭で行われる奇妙な見世物を見に行った。そこにはふたつの頭が突き出ていて喋っていた。それは、何日も前から、首のところまで砂に生きたまま埋められ、死を待っていたふたりの従僕のようだった。王族の者たちは彼らに冥土のみやげをたくさん持たせたのだった。そこへ彼らは主人に仕えるために呼ばれているのだ。それゆえ、人びとは彼らが、あの世に着いたらすぐに唱えることができるように、繰り返し大きな声で覚えさせられた文句を聞きにやってきたのだ。

夜がやってきた。聞こえるのは叫び声だけだった。さまざまなカーストに属するものが、絶望の程度を競って、まわりを圧する声を上げようとしていた。さまざまな同業組合に属するものたちは、大げさに苦しみを表現して名士や寵臣たちの気を引こうとしていた。夜中になると、葬送の合唱が聞こえてきた。木の皮を身につけた猟師たちと棘のついた甲冑に身を包んだ鍛冶屋たちが歌っていたのである。

ああ！　ああ！　あの方は泉だった……
ああ！　ああ！　あの方は勝利だった……
ああ！　ああ！　おお、われわれの父よ！
金色の目は、ああ、閉じられてしまった……

しかしほかの部分では後継者に対する間接的な賞讃で、非難によってこの賞讃に反駁する歌がうたわれた。

あ、あ、あ、あ！
ああ、権力は失墜した、
われらの心は軽くなる、あの方は遠くに行ってしまったから。

ウ！　あ、あ、あ……
われわれは川のほとりに留まろう。

全身に施された装飾を煌めかせ、あたらしい服を着て、勝ち誇ったモングコウ王は腐敗を免れ、死への勝利者のように見えた。木でできた固い偶像の間に呪術師たちはヴィオールを置いた。彼はそれを墓に持って行き、あの世へと喜びに包まれて旅立っていくことを証明するのである。

VIII

明るい色の服に身を包んだ人びとの集団が、岩陰から次々とあらわれ、闇夜のなかを通り過ぎ、この逆さになった風景をすり抜けていった。彼らは鍋の代わりに使っている石油罐に入ったシチュー肉を持ってきており、そこからは煙が出ていた。肉は数日前から、何層にも重ねた唐辛子の間に入れられ柔らかくなっており、歯で簡単に骨から引き剥がすことができた……

「蛇人間」の信者たちはしゃがんで彼らの王、つまり「角のない山羊」——彼らの間では、人肉はそのように呼ばれていた――を食べていた。飢餓にも飽食にも対応した彼らニグロ特有の臓腑は凍てつく夜の静けさの中、満ち足りていった。彼らはすっぽりと白い羊毛のブーブーを身に纏っており、そこからにょきっとあらわれたツルツルの頭とそこから突き出した門歯が見えただけだった……。こんどは呆けて気づまりになった長老の死期を前倒しにする許可をしじゅう請う相手であった人物が消えつつあったのだ……人びとは彼の両眼を飲み込んだ。生者に敵対的なこの死者のあらゆる痕跡を消し去りたいという思いがあまりにも強かったがために、干からびた両手を残してその小骨でアクセサリーを作りたいという楽しみをなんとか抑え込んでいた。蛇となった彼は、蛇たちのカーストに戻り、彼らの兄弟たちの一員でしかなくなった。香りづけされた肉と同時に、彼の魂も温かな墓所である人びとの腹の中に飲み込まれていった……

王の体の一部と同化し、超人間的な力に溢れた貪婪な会食者たちは来た道を下っていった。水の中に沈んでいくように。何層にも重なる断崖は闇の中に消えていった。彼らは絶壁を横切って、喜びの叫び声をあげながら、岩から岩へと飛び移りながら下りていった。そして平野にたどり着いた。それから彼らは口をつぐみ、砂が彼らの足跡を消し去った。

訳者解説

日本におけるポール・モランの受容

ポール・モラン（一八八八〜一九七六）は、パリ生まれの「外交官」作家として第一次世界大戦後の世界を洒脱に描いたコスモポリタン的小説『夜ひらく』（一九二二）と『夜とざす』（一九二三）で一世を風靡した。これらの作品はフランスで出版後、堀口大學によって翻訳されたちまちベストセラーとなり、続いて『ルイスとイレーヌ』（一九二四）『恋の欧羅巴』（一九二五）といった作品もリアルタイムで続々と紹介され多くの読者を獲得した。そこで描かれるパリを中心とした同時代のヨーロッパ世界は、銀座、カフェ、モダン・ガールなどの記号が象徴する当時の日本の都会的なモダン文化のモデルとしてなかば憧憬の入りまじった逆方向からのエキゾチックな視線で見つめられていたことは想像に難くない。一方で、そのような戦後世界の風俗を「感覚の論理」によって描いた斬新な文体は、横光利一ら「新感覚派」を誕生させ、一九二〇年代の日本のモダニズム文学に大きな影響を与えていることは知られている。さらにもうひとつのモランの横顔もよく知られている。そこから二十年ほど後のことだ。職業作家を経て、ヴィシー政権下のフランスでふたたび外交職に戻ったことが仇となり、ナチス・ドイツに協力した作家として戦後の一時期にジュネーヴへの亡命を余儀なくされたとき、ナチスの将校の愛人だったデザイナーのココ・シャネルと交流したモラン。この時期の作家については山田登世子さんの紹介でご存知の方も多いだろう。

しかし、この『黒い魔術』に読者が見るのは、「新感覚派」のモランでも、シャネルの友人のモランでもなく、まったく別の顔をした見知らぬモランではないだろうか。ポール・モランはじつに多作な作家であり、彼のコスモポリティスムを土台にしたモダニティの探求はヨーロッパ世界に留まるものではなかった。先述の作品によってベストセラー作家となったモランは一九二四年に「二十世紀時評」というテーマでそれぞれの大陸を舞台とした四冊の短篇小説集を出版する契約を破格の契約金を提示するグラッセ社と結ぶことになる。『恋の欧羅巴』はその一巻目を飾る作品にすぎなかった。この作品を発表以降、モランは外遊を繰り返し、アジアを舞台としたシリーズの二巻目『生ける仏陀』を執筆し、一九二七年に出版する。それと前後し、モランは外務省に休職願を出し一九三八年に外交職に復帰するまで作家活動に専念することになる。この時期にモランは、プロローグに書かれているように、カリブ海、アメリカ、フランス領西アフリカと「総計五万キロ、二十八カ国ものニグロたちの国」を探訪し、その結果生まれた作品がこの『黒い魔術』である。先の『生ける仏陀』とともにこの作品が日本語に翻訳されることは一度もなかった。モランの非ヨーロッパ文化への関心は、西洋をモデルに文化的にも社会的にも近代化を推し進めていた一九二〇年代当時の日本人にとってさほど魅力的には映らなかったのだろう。しかしながら、ベストセラーになった『夜ひらく』『夜とざす』は、モランが外務省において「海外フランス事業局（S・O・F・E）」というフランス文化の広報宣伝部署に在籍していた時代に発表された作品であり、そこで描かれるフランスないしはヨーロッパは、あくまでもフランス政府が対外的に見せたかった「フランス」という側面が強い（実際、邦訳に付された緒言からはモランは堀口大學との会見に外務省の職員として応じていることがうかがわれる）。一方で、黒人世界を舞台とした『黒い魔術』は、モランが外務省を離れ、職業作家として書いた初めての作品であり、彼の作家としてのキャリアにおいて特別な重要性を持つ。その意味において、発表からもうすぐ一世紀が経とうとする現在、過去のフランス文学史や日本文学史のしがらみをはなれ、今一度新しい日の下にこの作家の仕事をとらえ直すことは、脱色されたジャズ文化のみを取り入れるにとどまっていた当時の日本人があまり見たくはなかったモダニズムのもう一つの形を浮かび上がらせることになるだろう。モダニスト的な成熟の時期を過ぎ、ある種の伝統回帰に向かいがちな現在のわたしたちにとって、もう一度「もしも」の分岐点まで時間を遡り、歴史を紡ぎ直すことは、ある種の可能性を見つける作業になるのではないだろうか。少なくともモランはそれまでの曖昧な自分に別れを告げ、この作品とともに新しい自分と自由を手に入れた。しかし、なぜヨーロッパでもアジアでもなく、黒人世界だったのだろうか。

カール・ヴァン・ヴェクテン『ニガー・ヘヴン』への返答

当時モランは、ロンドンで活躍していたアメリカ出身のモダニスト詩人エズラ・パウンドの紹介で定期的にアメリカの雑誌に文章を寄稿していた。一九二三年からパウンドを引き継ぐ形でモランはシカゴのローカル誌『ダイヤル』に「パリ便り」という記事を二ヶ月ごとに寄稿し、それを一九二九年まで続けている。一方、一九二六年三月からは、ニューヨークのナッシュ・コンデ社でドナルド・フリーマンが編集するファッショナブルな文芸誌『ヴァニティ・フェア』へ、これまでコレットが担当していた仕事を順次引き継ぐ形で、フランス特派員としてモランは短篇小説やエセーを寄稿することになる。この『ヴァニティ・フェア』誌は、メキシコ出身のミゲル・コバルビアスやイギリス出身のアンヌ・ハリエット・フィッシュといったアールデコ風の意匠をスタイリッシュに描くイラストレーターの作品や、ハーレムの黒人文化に造詣の深いカール・ヴァン・ヴェクテンのジャズ批評を掲載するなど、ニューヨークの最新文化を体現する一方で、パウンドやオルダス・ハクスリーなどの保守的なモダニズム作家を執筆陣に抱え、当時のアメリカの社交界のニーズに答えるエスタブリッシュドな文化とハイブリッドな最先端のモダニズム文化を融合させるような試みを行っていた媒体だった。このような場から生まれたのがアメリカ文学史上はじめてニューヨークの黒人街ハーレムを扱ったカール・ヴァン・ヴェクテンの小説『ニガー・ヘヴン』（一九二六）だった。当時の『ヴァニティ・フェア』誌をめくりながらこの小説を読むと、アメリカの近代社会における黒人の地位も含め、彼らの文化が白人のモダニストたちにとってどれほど関心の的になっていたかよく分かる。このヴェクテンの小説はただちにフランス語に翻訳され翌二七年に出版された。そこで序文を書いているのが実はポール・モランなのである。そこでは、ふたりのフランス人の対話形式で、ヴァン・ヴェクテンの試みを賞讃しつつ、シトロエン社のアフリカ横断映画『クロワジエール・ノワール』（一九二四）やパリ・アール・デコ博覧会（一九二五）に言及しながら、フランスのモダニスト側から黒人文化への関心を披露している。その上でモランは「ぼくが考えているのはもっと重要なことさ」と序文を締めくくる。モランは『ニガー・ヘヴン』の序文を書きながら、やがて彼自身が上梓することになる『黒い魔術』の青写真をフランス人の読者に提示していたのである。彼が描きたかったのは、「アメリカの黒人」でも「フランスの黒人」でも「アフリカの黒人」でもなく、間大陸的な視座に身を置いて、黒人種というフィルターを透して眺めた同時代の世界にほかならなかった。それこそが彼が「考えているもっと重要なこと」として、フランス側からモランが用意したヴェクテンの作品へのひとつの回答だった。

モランの黒人表象における曖昧さの意味

一九二七年から二八年にかけて、あるときはエレーヌ・クリソベローニとクルーズを利用した新婚旅行を兼ねながら、またあるときはジャーナリストのアルベール・ロンドルとともに自動車に乗って砂漠を疾走しながら、モランは大陸をまたがる黒人世界を歴訪した。このときの体験は、『黒い魔術』のほかにエセー『パリ・トンブクトゥ』(一九二八)、『カリブの冬』(一九二九)という作品に描かれている。『黒い魔術』は「二十世紀時評」シリーズの一作でありながら、「黒人世界三部作」というべきシリーズの一部でもあった。これらを読むと、モランの作品における黒人世界への取り組みは、浮薄なモダニスト的なステレオ・タイプを散りばめたたんなる物見遊山にとどまらないこともよく分かる。モランは自分が政治学自由学院時代に講義を受けたリュシアン・レヴィ゠ブリュルの『未開社会の思惟』だけでなく、アフリカニストの民族誌学者モーリス・ドラフォスの著作など、黒人世界を研究対象とした当時の最新の学知がもたらした大量の資料を読み込みながら、作家自身の見聞とあわせ、入念に言葉を紡いでいたのである。

しかしながら、そのようにしてモランによって描かれる黒人世界は驚嘆すべき未知の対象であるように見える反面、そこにはハイチの独裁者オクシドの描写に散見されるようにアイロニカルな視線が混じりあう。カール・ヴァン・ヴェクテンのように彼らが置かれていた状況に対して深い理解を示す瞬間があるかと思えば、距離をとって嘲笑を投げかける。モラン自身は黒人をどのように評価していたのか、その曖昧さは読者を不安に陥れる。

このモランの態度の背後に見るべきは、やはりナチスに影響を与えた人種理論で悪名高いアルチュール・ド・ゴビノー（一八一六〜八二）からの影響だろう。ただし、ナチスがそこに見た人種の優劣の問題ではなく、人種間の混血の進行によって文明が衰退していくというゴビノーのペシミズムの方である。実はこの作品には二種類の「黒人」が存在している。「混血」の黒人と「純粋」な黒人である。『黒い皇帝』のオクシド、『さらばニューヨーク！』のパメラ・フリードマンなど、語り手によって心の中を描写されている登場人物はみな混血である。その一方でアフリカのモングコウ王や『星降る国の人びと』の原住民たちは「純粋」な黒人で、読者はその心の中をうかがい知ることはできない。これはなにを意味するのだろう。『星降る国の人びと』における焼尽による死と再生の儀式や『角のない山羊』における死者の扱いはレヴィ＝ブリュルが『未開の思惟』で描き出した「未開部族」の民族的風習が直接的なヒントとなっている。しかし、反面これらの風習は、たとえばヨーロッパ中世研究者である阿部謹也の描き出す『中世賤民の世界』などの読者には馴染みのものでもある。アフリカの吟遊詩人のグリオをフランス中世のトルバドゥールを引き合いに出して説明するなど、アフリカという未開世界を、彼らにとってのもうひとつの未開世界であったヨーロッパ中世と重ねあわせるイマジネールが、当時のフランスにはあった。つまり、混血の登場人物は、作者であるモランとともに歴史の流れの中で「根源（プリミティヴ）」から遠く離れたところに漂流してきているという意味において、衰退化しつつある文明の末期に置かれた衰弱しつつあるモラン自身の分身となるのである。ジャングルや博物館でふと日常に亀裂が走り、歪んだ空間に放り出されたパメラ・フリードマンやリンカーン・ヴァンプ博士が遭遇する魔術によって召喚されたプリミティヴな黒人アフリカ世界は、その眩暈のするような濃密な描写によって読者を圧倒する。なるほど、「根源＝未開」を見出した彼らの末路は幸せなものにはなっていない。しかし、このような「魔術」によって描かれたこの作品にはこれまでのモランにはないような荒々しさと活力がみなぎってはいないだろうか。『黒い魔術』は、「混血」黒人やヨーロッパ文明を救うことはできなかったが、ポール・モランをふたたび新たに作家として生まれ変わらせることはできたのではないだろうか。その判断は読者のみなさまにお願いしたい。

アーロン・ダグラスの挿絵

刊行の翌年フランス語版が出たカール・ヴァン・ヴェクテンの『ニガー・ヘヴン』に対する「返答」であるモランの『黒い魔術』はただちにハーミッシュ・マイルズによって翻訳され、一九二九年にアメリカとイギリスで出版されている。オリジナル版と英訳版ではいくつかの異同がある。まずは短篇の順番である。ハイチを舞台とした『黒い皇帝』を冒頭にすえたフランス版とは違い、英語版はアメリカを舞台とした章から始まり、さらにアフリカの章もイギリス版とアメリカ版では微妙に順番が異なる。この謎は当時のアメリカとイギリスの文脈に詳しい研究者の方に解き明かしていただきたい。しかし、この解説で注目したいのは挿絵の存在である。英語版ではフランス語版には存在しないイラストが二九年の初版から挿入されている。これはアーロン・ダグラス（一八九九〜一九七九）によるものだ。ダグラスは、美術コレクターで黒人の地位向上に貢献した教育者アルバート・バーンズの奨学金を受けながら地位を築いた黒人画家だった。影絵のような独特な彼の切り絵は、本書のリンカーン・ヴァンプ博士のモデルとされるW・E・B・デュボイスの全米黒人地位向上協会（NAACP）の機関紙『クライシス』や全国都市同盟（NUL）の機関紙『オポチュニティ』の表紙を何回も飾り、一九二〇年代において黒人の反人種差別運動やハーレム・ルネサンスを代表するアイコンとして有名だった。つまり、モランの『黒い魔術』はアメリカにおいて、ダグラスの挿絵を入れることにより、ハーレム・ルネサンスの文脈において受容されることを念頭においていたといえるだろう。一方、フランスでは、セネガル出身のレオポール・セダール・サンゴールやマルティニーク出身のエメ・セゼールとともにネグリチュード運動の担い手であったレオン＝ゴントラン・ダマスや、彼らのパトロンであったポーレット・ナルダルが『黒い魔術』に対して批判的な記事を書いていた。当時のパリの黒人知識人のコミュニティにおいては疎ましい本であったのだ。ここにもまた『黒い魔術』の曖昧さが黒人たちにも波紋を広げたことの証左が見て取れるとともに、逆にモランが提示した問題の根深さを物語っているように思えてならない。

本書は一九二八年に刊行されたフランス語原文から翻訳したものだが、一九二九年の英米版に付されたダグラスの挿絵を加えた。一九二六年に『ニガー・ヘヴン』でカール・ヴァン・ヴェクテンの放ったメッセージが、モランの手によってアンティーユ、ヨーロッパ、アフリカを経て、ついにハーレムの人びとに届けられるようにと願っているように思えるからである。

訳者あとがき

本書は一九二八年グラッセ社カイエ・ヴェール叢書から、「二十世紀時評」第三巻として発表されたポール・モラン『黒い魔術』の日本語訳である。訳出にあたっては、上記のオリジナル版とともにモラン研究者ミシェル・コロンブ編集のプレイヤード全集に再録された版と、ハーミッシュ・マイルズの翻訳でニューヨークのヴァイキング社から出版された英訳版を参照した。

フランス語原文のタイトルは *Magie noire*、英訳版では *Black Magic* となっている。これを日本語に直した場合、「黒魔術」という訳が適切なのかもしれないが、この語はアレイスター・クロウリーを初めとする西洋の秘教的なオカルティズムを連想させてしまう。もちろん、短篇「黒い皇帝」や「コンゴ」では、ハイチの呪術ブードゥーが大きな役割を果たしていることは紛れもない事実であり、当時はブードゥーやクロウリーの呪術を混ぜ合わせ、得体の知れないルポルタージュを著した奇人ウイリアム・シーブルックが、カニバリズムの実践など自身のエキセントリックなスキャンダルとともに一世を風靡していた。ミシェル・レリスなど民族学的知に関心を抱くフランスのモダニストたちに大きな影響を与え、モラン自身も後にシーブルックの著作の序文を書いていることからも、これらの想像圏は当時にあって地つづきになっていたことは明白ではある。事実、この作品の筋立てにおいて「魔術」は大きなファクターであることはまちがいない。だが、なによりモランの関心は同時代の黒人種の世界にあった。それゆえ、邦訳タイトルでは「黒」を比喩ではなく字義通りの「色」として思い描けるように「黒い魔術」とさせていただいた。

解説にあるように、この作品は二〇一六年に翻訳が刊行されたカール・ヴァン・ヴェクテンの『ニガー・ヘヴン』と深い関係を持っており、本来であるならば、間を空けずに訳出すべきだった。しかし、訳者である私自身が、モランの作品に表れるアンビヴァレントな黒人表象をどうとらえてよいか思い悩んでしまっていた。フランス語原文を一読して、この作品は当時のモダニズム文化を考えるにあたって非常に重要ななにかがあることは明白であるし、めくるめく眩暈とともに文章に引き込まれるや、とらえて離さないような不思議な魅力があることもわかった。さらに両次大戦間におけるアングロ・サクソン圏やフランス語圏の黒人文化表象の問題を扱った研究書において、かならずといってよいほど言及される作品である。とはいえ、そういった研究書のどれを読んでも腑に落ちるような瞬間が訪れることはなかった。それゆえ、時代の文脈やモランの他の作品やバイオグラフィーにあたりながら、そろそろ自分なりに理解ができてきた頃かと思い始めたころ、気がつけば一年以上も時間が経ってしまっていた。

モランは、今でこそそれほど読まれなくなってはいるが、堀口大學の翻訳が同時代の作家たちに与えた影響により、日本文学史において燦然と輝く地位が与えられていた作家である。また近年、山田登世子さんが紹介するこの作家の知られざる横顔は非常に魅力的だ。『黒い魔術』のモランは、彼らのモランとはまた違う魅力を秘めている。それを紹介する意義は十分にあるという確信はあった。しかしながら、前述した先人たちの、そして先行する三宅美千代さんの素晴らしい訳業を見るにつけ、はたしてこの務めは私自身の手に余るものではないのかという疑念に常に苛まれる日々でもあった。この魅力がうまく伝わるだろうか。もしうまくいかなければ、それはモランのせいではなく私の責任であろう。

フランス語、とりわけ英語のスラングのフランス語訳の解釈にかんしては、ジャン゠ミシェル・バルダン氏にアドバイスをいただいた。また一部のアフリカ語の訳出については、アフリカ文学研究者の小野田風子さんにアドバイスをいただいた。この場を借りてお礼を申し上げたい。しかし、本書における誤訳や解釈の誤りはすべて訳者の責にあることを確認しておく。

本書の企画ならびに訳出にあたって、まずは『ブラック・モダニズム』の共同研究班の仲間であった三宅美千代氏と柳沢史明氏にお礼を申し上げたい。フランス文学という狭いディシプリンの中で自分を見失いそうなとき、新たな視野の存在に気づかせてくれた。この作品を自分なりに理解できたように思えるのは彼らのお蔭である。また本書の重要性を理解し、出版ならびに編集をこころよく引き受けていただいた未知谷の飯島徹氏、伊藤伸恵氏には謹んで感謝の気持ちを表しておきたい。

Paul Morand

1888~1976

フランスの作家・外交官。パリ政治学自由学院卒。外務省在職中にコスモポリタン小説『夜ひらく』(1922)がベストセラーとなり、20年代のフランスを代表するモダニスト作家として、日本の新感覚派に大きな影響を与える。後年、スイスに亡命中にココ・シャネルに行ったインタヴューでも知られる。フランス帰国後、1968年から1976年に没するまでフランス学士院会員を務める。

よしざわ ひでき

1970年生まれ。パリ第三大学博士課程修了。現在、南山大学外国語学部教授。専門は両次大戦間におけるフランス語圏文学・モダニズム思想。著書に *Pierre Drieu la Rochelle : Gènese de sa « voix » littéraire 1918-1927*（L'Harmattan, 2015）、編著に『ブラック・モダニズム——間大陸的黒人文化表象におけるモダニティの生成と歴史化をめぐって』（未知谷、2015）などがある。

Magie noire

黒い魔術

2018年4月25日初版印刷
2018年5月10日初版発行

著者　ポール・モラン
訳者　吉澤英樹
発行者　飯島徹
発行所　未知谷
東京都千代田区神田猿楽町2丁目5-9　〒101-0064
Tel. 03-5281-3751 / Fax. 03-5281-3752
［振替］　00130-4-653627
組版　柏木薫
印刷所　ディグ
製本所　難波製本

Publisher Michitani Co. Ltd., Tokyo
Printed in Japan
ISBN978-4-89642-552-9　C0097